Peer Gessing

Briefe aus dem Jahr 3000

Atlas des Lebens

Peer Gessing

Briefe aus dem Jahr 3000

Atlas des Lebens

Impressum

Bibliografische Information der Deutschen Nationalbibliothek

Die Deutsche Nationalbibliothek verzeichnet diese Publikation in der Deutschen Nationalbibliografie; detaillierte bibliografische Daten sind im Internet über http://dnb.d-nb.de abrufbar.

TWENTYSIX-Der Self-Publishing-Verlag
Eine Kooperation zwischen der Verlagsgruppe
Random House und BoD-Books on Demand

© 2017 Peer Gessing

Herstellung und Verlag:
BoD – Books on Demand, Norderstedt

ISBN 9 783740 729578

Inhaltsverzeichnis

Prolog

3001 3007 3012 3018 3037 3052 3066 3089 3098 3117

3119 3122 3127 3141 3145 3169 3174 3183 3193 3200

3202 3209 3215 3217 3221 3222 3223 3224 3232 3233

3237 3241 3249 3251 3260 3281 3296 3300 3301 3309

3333 3334 3344 3358 3367 3371 3388 3392 3393 3399

3402 3407 3418 3429 3433 3434 3453 3457 3461 3472

3495 3497 3503 3504 3525 3533 3539 3542 3547 3555

3561 3574 3585 3592 3599 3610 3616 3622 3637 3649

3666 3672 3686 3698 3700 3711 3723 3788 3800 3821

3837 3856 3867 3872 3873 3888 3900 3912 3924 3936

3936 3924 3912 3900 3888 3873 3872 3867 3856 3837

3821 3800 3788 3723 3711 3700 3698 3686 3672 3666

3649 3637 3622 3616 3610 3599 3592 3585 3574 3561

3555 3547 3542 3539 3533 3525 3504 3503 3497 3495

3472 3461 3457 3453 3434 3433 3429 3418 3407 3402

3399 3393 3392 3386 3371 3367 3358 3344 3334 3333

3309 3301 3300 3296 3281 3260 3251 3249 3241 3237

3233 3232 3224 3223 3222 3221 3217 3215 3209 3202

3200 3193 3183 3174 3169 3145 3141 3127 3122 3119

3117 3098 3089 3066 3052 3037 3018 3012 3007 3001

3000

„Sei so wie das Licht".

3001

Lebendig zu sein war immer der erste Schritt. Die Sonnenstrahlen lebten in vollendeter Geschmeidigkeit und der Wind verwehte ihr Haar. Die letzten Tagen, die sie gemeinsam verbracht hatten, waren wunderbar gewesen. Sie hatte ihm ihr Haus und ihr Leben gezeigt. Sie schliefen in einem Bett, was für beide keine alltägliche Erfahrung darstellte. Dennoch hatten sie keine Wahl. Die Nächte nach dem Entschluss waren fast so gewesen wie die anderen. Der Ruhepol in ihrem Dasein würde die perfekte Erinnerung bleiben. Kraniche zweifelten nicht an der Ewigkeit. Die Menschen wollen ihr Glück nicht verlieren und vergessen zuweilen ihre Lockerheit. Dreitausendundeins. Nelson schenkte ihr Glück, gab ihr aber auch einen Teil seiner Angst. Ihre Herzen atmeten die Liebe wie eine sanfte Brise am Strand. Ein violetter Kranich war der neueste Zuchterfolg eines führenden Instituts für genetische Mutation. Sie würden gemeinsam Granatäpfel pflücken, auf Elefanten reiten, das Leben als Zuschauer genießen, ohne es zu berühren, ohne zu handeln, ohne gesehen zu werden. Die Dauer ihres Daseins war noch nicht geklärt, aber wen hätten sie auch fragen können. Die Unsterblichkeit stellte die logische Konsequenz einer unsichtbaren Existenz dar.

3007

Leila und Nelson spürten die Kraft der Ewigkeit und wussten nicht, was sie von ihr zu erwarten hatten. Das Zirkuszelt war heute abgebaut worden. Die Kartenverkäuferin hatte die Löwen geneckt. Große Rollen aus Zeltplanen lagen verstreut im Gras. Einige Pflöcke steckten noch in der Erde. Die Kreise waren geblieben. Die Tauben schwiegen. Die Löwen brüllten. Der blaue Himmel sehnte sich nach dem Gesang der Vögel. Der Duft von gebratener Ananas erfüllte den Raum und das Trapez schwebte hoch über der Manege. Sie ahnten, dass dies eine unausweichliche Tatsache darstellte. Leila und Nelson griffen fest nach der Hand des Geliebten. Still und hart fühlte sich der Moment an. Dreitausendundsieben. Dann sprangen sie aus dem Fenster, fielen hinein in den Wind. Die Straße wirkte grau und war übersät mit kleinen goldenen Splittern wie ein Teppich aus Blumen. Ihre Augen waren angefüllt mit Tränen und dennoch wollte sich kein Schmerz einstellen. Die Zeiten der Schmerzen waren vorüber. Eine neue Zeitrechnung hatte begonnen, die sich nur schwer mit Worten ausdrücken ließ.

3012

Nur Tiefe, keine Sekunden oder Stunden mehr. Die beiden Liebenden waren unsichtbar geworden und unsichtbare Wesen konnten natürlich fliegen. Irgendwie überraschend fühlte sich der neue Zustand an. Keine Muster schienen zu greifen. Das alte Leben erschien fern, ohne an Schärfe eingebüßt zu haben. Nelson versuchte einen Vogel zu streicheln, der neben ihm in den Straßen dahinflog im Jahre dreitausendundzwölf. Dieser ließ sich von dem leichten Luftzug nicht stören und blickte ihn nicht an. Leila versuchte zu landen und war ein wenig besorgt um ihre Schuhe, denn der Straßenrand war übersehen von schmutziger Asche. Es war sehr praktisch, wenn man zwischen schweben und gehen wählen konnte, aber das wusste sie noch nicht. Der Versuch, ein umgestürztes Schild wieder aufzurichten, scheiterte. Nelson probierte sich auf einen Bank am Flussufer zu setzen und fiel hindurch auf den Boden. Leila beobachtete ihn und war genauso verwundert wie er, als sie beide durch den Boden weiter unten zu sinken begannen. Wenn sie aufhörten zu schweben, dann sanken sie in die Tiefe. Die feuchten Straßen glänzten in der Abendsonne.

3018

Später versuchten sie in der Luft zu liegen. Sie fühlten sich unendlich frei und unendlich alleine. Was blieb, war die Hoffnung, sich an den neuen Zustand zu gewöhnen. Der Geist funktionierte unsichtbar. Schwebendes Verlangen. Die Wahl der Richtung lag ihnen frei, was fehlte, war die Erfüllung in der Berührung. Sonderbarerweise ging dies im Jahre dreitausendundachtzehn einigen Menschen genauso. Berichtet wird hier somit von einem exemplarisches Ereignis. Die meisten fühlten sich nicht bereit, das Innere der Erde zu besuchen. Sie tanzten bereitwillig in den Lüften bei Tage und bei Nacht. Unklar blieb die Art der Auserwählung. Der Sonnenlauf setzte sich fort, die Regenwolken und die Stürme kümmerten sich nicht um die neuen Wesen. Besonders nett war der Nebeneffekt der Unsichtbarkeit, dass man sich aussuchen konnte, wo man leben wollte.
In einem Schloss mit Rosengarten oder einem Penthouse mit Überlaufpool. Weniger angenehm war, dass man nicht wusste, wie die Welt sich anfühlte, ob es warm oder kalt war, wie das Essen schmeckte. Die meisten lebten daher in einem Modus aus Überraschung, Neugier sowie der Erinnerung an ihre alten Existenzen und Befindlichkeiten.

Dreitausendundsiebenunddreißig. Die Jahre plätscherten dahin. Nelson stellte fest, dass er nicht alterte. Sein Geist war fest entschlossen, dem neuen Dasein gerecht zu werden. Er versuchte seinen Kopf zu fassen oder sich das Haar zu kämmen. Es war ein klein wenig befremdlich, dass alle Körperfunktionen in Bewegung und doch gleichzeitig im Stillstand zu sein schienen. Sie würden nie wieder schlafen, nie wieder sitzen und nie wieder den Geschmack von Erdbeeren im Munde spüren. Kein Tragen und kein Getragenwerden. Liebe, ohne geliebt zu werden. Sehen, ohne gesehen zu werden. Leben, ohne zu sein. Keine Widerstände und alle Sehnsüchte. Ja. Die Hülle war wie ein Haut. Die Rinde eines Baumes schützte sein Inneres. Leila blieb bei ihm und so konnte er weiterhin versuchen, die Welt mit ihren Augen zu sehen. Sie durchquerten viele Flüsse und sie entdeckten gemeinsam die schönsten Häuser und die faszinierendsten Landschaften auf diesem Planeten, den wir Erde nennen. Es gab keine Hindernisse mehr im herkömmlichen Sinne. Keine Zäune, keine Mauern, keine Flüsse. Die Existenz von Türen hatte an Wichtigkeit verloren.

Die Terrasse des Hotels war neu dekoriert worden mit kleinen Hockern aus Porzellan. Das Wasser auf dem Pool mit Gegenstromanlage glitzerte verführerisch. Die meisten Gäste nippten an einem Drink und taxierten die anderen Personen. Dreitausendundzweiundfünfzig. Nelson versuchte sich vorzustellen, wie sich das Wasser auf der Haut anfühlte, aber nach fünfzig Jahren ohne Berührungserfahrung wurde das Gefühl leider eher undeutlich. Leila schwebte neben ihm und erst jetzt bemerkte er die Besonderheit ihrer Beziehung, denn sie konnten sich sehen, obwohl sie beide unsichtbar waren. Manchmal dauerte es, bis der Groschen fiel. Was macht uns Menschen aus? Seit über 200000 Jahren malten wir Bilder auf die Wände. Wir waren Pioniere der Anpassung an neue Bedingungen. Komplexe Gefühle vermischten sich mit analytischem Verstand. Fürsorge für die, die wir liebten, kennzeichnete echte Menschlichkeit. Nelson war unsichtbar, dennoch fühlte er sich in der Lage menschlich zu sein.

Das helle Blau des Himmels blendete. Leila sprach in letzter Zeit sehr oft von vergangenen Gefühlen. Die Herrlichkeit der Endlosigkeit wurde rissig. „Du hast gut reden." Nelson flog wilde Kreise. Kein Schwindel und keine Angst. Klagen war immer nutzlos. „Wir sollten das Leben genießen, so wie es ist." Die Häuser standen fest am Straßenrand, wichen keinen Zentimeter zur Seite und waren dennoch keine Gegner. Jeder Mensch war sein eigener Vasall. Das Zeitgefühl war in steter Wandlung begriffen. Die Elemente der Umgebung bildeten die Kulisse. Diese Räume zu genießen, wurde von einem alltäglichen Ritual zur Aufgabe. Sie dachten beide an die Umkehrung ihres Zustandes und eine glückliche Rückkehr in die sichtbare Welt. Sie machten sich auf die Suche nach einem Ausgang und sie waren klug genug dabei nicht an eine Türe zu denken. Die Wellen des Meeres wirkten wie eine Beruhigung. Sogar durchs Wasser zu gleiten wie Delphine war ihnen jederzeit möglich. Dreitausendundsechsundsechzig. Das Schönste an dem Zustand des Gleitens war das wundervolle Sonnenlicht und die kurz aufblitzenden Erinnerungen an die erfrischende Wirkung des kühlenden Wassers.

Nelson stand vor dem stärksten Mann der Welt. Ihn zu beobachten hatte er sich entschlossen. Leila schwebte neben ihm und hinter ihr erstrahlte ein wundervolles Abendrot. Schon wieder ein schöner Sonnenuntergang im Jahre dreitausendundneunundachtzig. In einem großen dunklen Garten schwebten sie gemeinsam auf eine Bank zu. Leila wollte die kantigen Blätter des Lorbeers berühren. Ihr Blut blieb unsichtbar. Nass und feucht war die Hand, die die Worte ergriff. Vor vielen Jahrzehnten waren sie gemeinsam an einer Flussmündung in Frankreich und waren nachts in einen Garten eingedrungen um den Duft des Lorbeers zu genießen, den Blick in den Nachthimmel und die scheinbar endlosen Berührungen ihrer Lippen. Auf der Fahrt dorthin war Nelson mehrfach bei hoher Geschwindigkeit aus dem Seitenfenster geklettert, um auf dem Dach des Wagens den Wind und die Geschwindigkeit zu genießen. Leila war eine souveräne Autofahrerin und eine leidenschaftliche Geliebte. Am folgenden Tag waren sie gemeinsam am Stand und konnten auf Jagdpferden reiten im Tausch gegen eine halbe Flasche Champagner, die sie gerne an die Besitzer der edlen Pferde weitergereicht hatten. Sie führte ihr Pferd souverän in die nahe Brandung und schenkte Nelson ihr Lächeln, das aus der Ewigkeit zu kommen schien.

3099

Anders wäre es, immer zu lügen, denn nur so gäbe es keine Ewigkeit. Die groben Steinmauern trugen feste spitze Gitter. Alleine die Türe im Untergeschoss des Wachturmes ließ sich öffnen. Sie hatten einen geheimen Garten für sich jede Nacht für eine ganze Woche im August. Der Abschied enthielt keine Wonne, ließ sich aber nicht verhindern. Dreitausendundneunundneunzig. Die Stille blieb Stille in den luxuriösen Zimmern, in denen sie zu Gast waren. Die Bewohner bemerkten sie nicht und Leila mochte wie Nelson den Anblick von Schönheit. Manchmal blieben sie alleine und legten ihre unsichtbaren Körper ineinander, um das Glück zu verdoppeln. Gebratene Unendlichkeit schmeckte sicherlich köstlich. Sie spitzen ihre Ohren, die sich nicht satthören konnten an dem unvermittelten Gesang der Vögel. Die Helligkeit schmerzte in den Augen, weil sich das Licht einbrannte in die Gedanken. Die Sterblichkeit der Menschen war wie ein Schutzschild gegen die ewigen Strahlen der Sonne, die sich jeden Tag aufs Neue ihren Weg in die Körper suchten. Und doch war der Glanz der Augen der wunderbarste Schatz des Lebens.

Gerade jetzt und gerade hier war das Sein. Sie schwammen in Felswänden und in Baumkronen. Die Löwen schliefen. Leila genoss das Verrinnen der Zeit wie einen Pulsschlag. Die Gedanken beaufsichtigten einander. Der Atem machte keinen Lärm. Schwimmakrobatik ohne Vaterlandsverrat. Nelson fühlte sich schon Jahrzehnte keiner Nation mehr verpflichtet. Sein Zuhause war die Erde und seine Frau hieß Leila. Sie hätte sicher höflich gehüstelt auf die Frage nach ihrer Nationalität. Frauen waren oft dezenter in ihren Äußerungen. Dreitausendeinhundertundsiebzehn. „Möchtest du eine Erdbeere?" witzelte Nelson. Ihre Augen schienen belustigt zu glänzen. Der Elefant wurde gerade gewaschen. Seine Aufgabe war das Tragen von Menschen. Seine Augen waren von einem tiefen Schwarz und es erschien so, als ob er die beiden unsichtbaren Reiter bemerken würde. Nelson streichelte seine königlichen Ohren. Der weiche Rüssel war gebogen in die Luft gestreckt. Die Gedanken schienen sich in den Wolken zu verhaken.

3119

„Verläuft die Zeit des Lebens vor- oder rückwärts?" „Wie würden die Menschen antworten?" Nelson rekelte sich in seiner Müdigkeit, die ihm nach über hundert Jahren ohne Schlaf keiner übelnehmen konnte. Liebe erfüllte ihn jeden Tag. Sein Herz schien in einer zarten Wolke aus Dampf zu vibrieren. Ein Clown lag ungeschminkt in seinem Bett. Wir sollten unser Lachen niemals vergraben. Fand der tägliche Kampf die Wahrheit zu finden jeden Tag statt, dann wird man unsichtbar. Daher war es zu raten, Gelassenheit zu üben, Vertrauen und Demut. Manchmal war ein Polstermöbelstück ein guter Berater. Wolkenreiten und Mauerschwimmen. Vergessen oder verstehen. „Was war ein fester Grund? Wie fühlte sich der Meeresboden an?" Diese Gedanken durchzuckten Nelson plötzlich und Leila war einverstanden einen Flug in die Tiefsee zu unternehmen. Sie mochte die bunten Fische und sah den Walen gerne beim Tauchen zu. Das Sonnenlicht sank in goldenen Fäden von der Oberfläche langsam nach unten, um sich ganz sanft aufzulösen in den dunkleren Schichten des Meeres. Dreitausendeinhundertundneunzehn.

Ankunft im Treppenhaus. Deitausendeinhundertundzweiundzwanzig.
Ein großer goldener Spiegel hing auf der großzügigen Mittelebene. Damen konnten sich beim Laufen betrachten und sich so absichern, dass ihr Auftritt ein Erfolg würde. Auf der Terrasse wehte eine Fahne. Kellner trugen das Essen auf. Die meisten Gäste lächelten. Nelson konnte seinen Blick nicht vom Horizont losreißen. Leila betrachtete die glänzenden Stoffe der wundervollen Damen. Die Mode war in dauernder Wandlung, allerdings war es überraschend, dass sich an vielen Grundsätzlichkeiten nichts änderte. Noch immer trugen die Männer elegante Anzüge und die Damen wählten ein Kleid, wenn es galt sich auf einen feierlichen Anlass einzulassen. Salz und Zucker behielten ihre kristalline Form. Unterhalb der Terrasse lag ein prächtiger Park. Kurz nachdem Leila Nelson kennengelernt hatte, musste sie auf eine mehrmonatige Reise nach Afrika. Nelson hatte sie nach ihrer Rückkehr angerufen und sie in seinen Garten gelockt mit dem Versprechen, dass er dort einen jungen Elefanten für sie vorbereitet hätte. Sie war sehr verzückt gewesen und als sie entdeckt hatte, dass es nur eine getigerte Katze gewesen war, hatte sie ihm dennoch nicht böse sein können.
Seine Augen hatten sie angefunkelt und die Bewunderung für ihre Schönheit war ihr ehrlich und grenzenlos erschienen.

Ein eleganter Herr schritt auf die Treppe in den Garten zu, mit offener Jacke und Zylinder. Der Elefant war nicht da. Sie hatte ihm einen Brief geschrieben, sie hatte kurz an ihn gedacht. Ihr Gesicht war eingebrannt in seine Erinnerung. Oder war es das zarte Lächeln, das ihn an sein eigenes Spiegelbild erinnerte. Jeder sollte das Leben führen, das er sich ausgesucht hatte. Dreitausendeinhundertundsiebenundzwanzig. Der Mann stand noch immer starr da und seine Hand strich über sein glänzendes Haar. „Ich lasse dich niemals im Stich." Das war das Versprechen, das Nelson Leila am ersten Tag ihrer Liebe gegeben hatte. Er wollte ihr überall hin folgen.
Der Horizont glänzte im Abendrot. Fast wie auf einem Gemälde von Claude Lorrain. Auf dem Wasser glitten einige Segelboote dahin. Ihre Bahnen wirkten entspannt und der Mann verspürte Lust ihnen zu folgen auf ihrer Reise. Wie gerne hätte der Mann diesen Anblick mit jemandem geteilt. Er ahnte nicht, dass er beobachtet wurde und seine Sehnsucht nach fernen Welten geteilt wurde.

„Solange du möchtest. Bleibe bei mir, solange du möchtest." Es war nicht gefährlich zu träumen, aber es war nicht ohne Risiko, seine Träume auch in die Tat umzusetzen. Gerne hätte Nelson den Schalter auf „rückwärts" umgelegt. Die Zeit würde einfach in die andere Richtung laufen. Vor über einhundert Jahren hatte Leila einen Edelstein von ihrem Vater geschenkt bekommen. Für ein neues Auto hatte sie ihn verkauft und nun vermisste sie den Glanz und die Energie, die das Geschenk enthielt. „Wie lange würde das Boot brauchen bis zur Küste und wie lange bis zum Horizont." Dreitausendeinhundertundeinundvierzig. Sicher gab es weit entfernte Ufer mit Palmen und neuem Licht. Nelson sah hinüber zu Leila und sie verstand sofort, dass es Zeit war loszufliegen. Die Figuren aus Holz, die Nelson geschnitzt hatte, waren alle verbrannt. Nur digitale Bilder waren von ihnen erhalten. Auch mit seinen Gemälden war er so verfahren. Nach der Vollendung hatte er sie alle zerstört. Alles schien eine Vorbereitung auf das Leben als unsichtbares Wesen gewesen zu sein. Die Welt wirkte wie eine Insel, wenn die Ufer sich im Abendlicht auflösten. Die Haie hatten dunkle Flecken und sie waren in den letzten tausend Jahren stetig gewachsen. Ihr Fleisch hatte sich zu einer Delikatesse entwickelt und die Jagd brachte gutes Geld ein. Bei Nebel verschwamm der Horizont mit dem Himmel, so wie in der Nacht.

Sich anzuschauen. Die ganze Welt passte in einen Koffer. „Willst du
die Wahrheit wirklich wissen?" „Wir haben einen Pakt mit dem Glück
geschlossen." Jeden Abend gab es ein Feuerwerk. Rechts und links neben
dem Springbrunnen glänzten große goldene Löwen. Es war eine besondere
Vertrautheit, die sich auch in einem kurzen Blinzeln ausdrücken konnte.
Es war die Selbstverständlichkeit der Gesten, die ein Leben ausmachen
konnte. Dreitausendeinhundertundfünfundvierzig. Die gegrillten Paprika
waren vorzüglich heute Abend. Der leicht bittere Camembert hatte die
ideale Reife. Ein Sinnbild für den richtigen Moment, den es für viele Dinge
in Verlauf eines Lebens gab. Schade war alleine, dass nie klar war, wer
eigentlich wen benutzte für sein Glück. Ihr Anblick verzückte ihn jeden Tag
aufs Neue. „Sieht so das Ende der Welt aus?" Einmal konnte er zufällig
beobachten, wie Leila versuchte, sich selbst im Spiegel zu betrachten.
Sie strich über die glänzende Fläche und versuchte mit den Fingern die
Konturen ihres Körpers nachzuzeichnen. Zu sehen war ein wunderbar
dekorierter Raum in einem exquisiten Hotel. Ein fremder Mann saß auf
einem frisch gemachten Bett und schien auf etwas zu warten.

3169

Nelson schloss die Augen und genoss seine Sehnsucht. Über ihm kreisten fliegende Kraniche. Er verließ den Garten durch die Zypressen. Vom Vergessen gejagt wuchsen sie in den Himmel. Er fühlte eine rasende Freiheit, die sich in diesem einen Moment zu sammeln schien. Alles würde sich zusammenfügen. Dreitausendeinhundertundneunundsechzig. Oben vor der Villa schlugen einige Autotüren. Elegante Damenfüße wurden vorsichtig in den Wagen gehoben. Der Weg zum Eingang war gesäumt von Fackeln. Sie waren wie Figuren auf einer Bühne. Je mehr sie lächelten, desto besser empfanden sie die Schönheit. Sie erfüllten sich ihre Wünsche und am Abend versank die Sonne im Meer. Der Mann strich zärtlich über die Rinde der Bäume, seine Füße berührten den feinen Sand. Nelson und Leila verfolgten jede seiner Gesten und wussten, dass sie ihn nur für einen kurzen Augenblick begleiten würden, um dann ihren eigenen Weg fortzusetzen. Die spontane Idee zum Meeresgrund zu reisen, hatte sich durch die köstliche Kulisse und das schöne Abendlicht etwas verzögert. Eile und Ungeduld hatten sie sich jedoch schon sehr lange abgewöhnt.

Verschwommen und sehnsüchtig wirkten die Vaterfiguren, die am Strand herumstanden. Tänzelnd stolzierte der Mann durch sein Leben und erntete, was sich ihm anbot. Er stand kurz vor einem Herzinfarkt, der tödlich enden könnte. Dreitausendeinhundertundvierundsiebzig. Die Treppe war steil, der Mann rannte sie nach oben, weil ihm eingefallen war, wie zerbrechlich die Schönheit seiner Begleiterin und wie wertvoll ihre Zartheit ihm geworden war. Fast an der Terrasse angekommen, ihr wehendes Haar schon für einen kurzen Moment erblickend, brach er zusammen und sein Körper schlug dumpf auf den harten Stufen auf. Ein paar Augenblicke später bemerkte Yasmin sein Verschwinden. Das Glas in ihren Händen fühlte sich an wie Wachs. Sie stürzte die Stufen zu ihm hinunter. Der Duft des Meeres vermischte sich mit dem des Waldes und der brennenden Fackeln. Yasmin rüttelte an dem festen Oberkörper, küsste die harten Wangen. Er blieb leblos und so konnte sie nur sitzend auf den Horizont blicken, seinen Kopf auf ihrem Schoß. Heute Morgen waren sie in dem Hotel am Strand angekommen. Zum Frühstück hatten sie einige Gläser Orangensaft und dazu Kaffee mit mineralisierter Milch getrunken. Jetzt war es Abend und ihr Leben hatte sich verändert.

Es war genau das gleiche Gefühl wie vor über zehn Jahren, als sie sich trennen mussten für eine lange Zeit. Yasmin sah verwundert in seine erstarrten Pupillen. Dreitausendeinhundertunddreiundachtzig. Sein Hemd schimmerte wie ein schneebedeckter Gipfel. Langsam stieg der Mond hinauf in den Himmel. Die Pinien ließen das Licht durch ihre lockeren Zweige passieren. Vor einer Woche waren sie zusammen am Flughafen angekommen. Die Reise an das südliche Meer war eine Reise durch viele Städte und unterschiedliche Landschaften gewesen. Die ersten zwei Tage waren sie in Paris geblieben und hatten sofort ein Auto gemietet. Alle Autos waren elektrisch angetrieben, aber der Sound eines Motors konnte dazugebucht werden. Das Vibrieren hatte natürlich gefehlt. Paris hatte sich seit hunderten von Jahren fast nicht verändert. Viele Menschen hatten aufgehört zu arbeiten, denn die Gesellschaft wurde nach Funktionen geordnet und die Lebensberechtigung musste alle 24 Monate neu beantragt werden. Nun, neun Jahre nach dem Tod ihres reichen Geliebten, war es jedes Mal ein Lotteriespiel, ob man ihren Status verlängern würde. Sie wollte sich nicht mehr fest binden, suchte sich immer vor den anstehenden Terminen einen neuen Beschützer. Die Wunden verblassten glücklicherweise immer mehr.

Die Tage kamen und gingen. Ihre Sanftheit war legendär und ihr Herz konnte bisher keiner zurückerobern. William hat es versucht und sie nach Singapur entführt. Zwei Monate in einer Luxussuite. Champagner ab 16 Uhr, der Pool als Kreis gebaut in 400 Meter Höhe. Nelson und Leila hatten am Strand gestanden und waren dem Mann gefolgt. Sie hatten keine Eile und begleiteten Yasmin, so als ob es ihr gemeinsames neues Leben wäre. „Morgen erwachen wir, übermorgen wachen wir, bald darauf wird alles vorüber sein. Ohne an Morgen zu denken schlafen und wachen wir. Vorwärts strebend bleibt der Tag gewissenhaft." Sie hatten sich im Flugzeug kennengelernt. Ihre dunklen Augen saßen in der Reihe hinter ihm. Im Shuttle-Bus hatte er den Mut gefasst Yasmin anzusprechen. Er gab ihr seine Karte und sagte ihr, dass sie das Schönste sei, was er je gesehen habe. Sie meldete sich nach einigen Wochen und er stieg in das nächste Flugzeug nach Paris. Sie musste nicht lange überlegen, denn seine charmante Art war unwiderstehlich. Genauso unwiderstehlich war ihr Lächeln. Dreitausendeinhundertunddreiundneunzig. Unterscheidungen verlieren ihren Sinn, wenn die Liebe ins Spiel kommt.

3200

Das Paar vom Nebentisch war aufgestanden. Yasmin blieb sich treu und verabredete sich mit ihren Liebhabern an ungewöhnlichen Orten, ganz wie damals mit Friedrich. Auf einem Friedhof vor einem bestimmten Grabstein, an einer außerhalb der Stadt gelegenen Bushaltestelle. Auf einem Shuttle zum Montmartre, in Kirchen, an Landschaftspunkten, kleinen Bars oder im Zoo vor einem bestimmten Käfig. Es war wie das Spiel zweier Kinder und das gefiel auch Nelson und Leila. Ihre Zärtlichkeiten wurden zu ihren Zärtlichkeiten. Die Spannung brannte gefährlich und wunderbar. Alle waren auf der Hut, diese nicht zu verlieren. Dreitausendzweihundert wartende Schritte im Regen. Yasmin hatte sich entschlossen zu heiraten. Zuvor wollten sie verreisen zu einer Straße, die ins Meer führte. Jeder Weg führte in die Ewigkeit, sie folgten ihren Schritten, sie gaben sich den Versuchungen hin. Die Intensität einer geheimen Welt streift uns oftmals nur. Die Spuren verwischen in der Regel wie am Strand, wenn die nächste Welle die alten Zeichen auslöscht.

Konstruierte Wirklichkeit. Yasmin zu folgen verzögerte die Zeit. Vor
160 Millionen Jahren entstanden die ersten Blumen. Wann ein Gefühl
von Schönheit entstand, wissen wir nicht. Dass wir uns nach der Schönheit
sehnen ist offensichtlich, warum wir lieben, bleibt ungeklärt. Friedrich hatte
Yasmin auf einem Riesenrad am Ufer eines großen Flusses gefragt,
ob sie seine Frau werden wollte. Dreitausendzweihundertundzwei. Die
Reise in den Süden war wie ein Vorgeschmack auf das von ihnen geplante
Glück gewesen. Leila wirkte zunehmend entspannter. Nelson folgte
demnach nun zwei Frauen. Zarte Knospen eines lange vergessenen
Gefühls entwickelten sich in seinem Herzen. Yasmins Schönheit begann
ihn zu betören. Die anderen Männer konnten sie berühren, er sah ihnen
zu, konnte durch Wände gehen, in den Wolken spazieren, musste nicht
arbeiten, fror nie und war alleine verantwortlich die Ewigkeit mit Lust zu
genießen. Seine Blicke versanken in der Vernunft. Die Buchstaben tanzten
ihren eigenen Rhythmus und spielten mit seinen Gefühlen.

Flexibilität ermöglicht Bewegung. „Genügt es denn zu leben?", so lautete die schöne Frage. Yasmin verwendete viel Zeit dafür perfekt auszusehen. William, der als Geschäftsführer für zwei Firmen gleichzeitig arbeitete, konnte sich an ihrer Seite entspannen und war entschlossen sie glücklich zu machen. Morgens stand er auf und bereitete Kaffee zu. Sie kam aus dem Bett mit einem goldenen Lächeln und massierte sanft seine Schläfen. Im Keller hielten die beiden lebende Fische, die mit frischem Gemüse einen geschlossenen Kreislauf bildeten. Wer sich dies leisten konnte, hatte so immer gesundes und frisches Essen im Haus. Die Decke der Wohnung war hoch, die Türen gewaltig. An den Wänden hingen alte Teppiche. Vor den Fenstern wehten riesenhafte Vorhänge, die sich im Wind aufbauschten. Draußen standen die Wolken schon bereit, sich vor die Sonne zu schieben. Dreitausendzweihundertundneun. William setzte sich auf die Kante des Sessels und Yasmin schob ihre Oberlippe über die ihre strahlend weißen Schneidezähne. Sie blieb demonstrativ einige Schritte vor dem Sessel stehen, so dass William sich erheben musste, um ihr einen Kuss geben zu können.

3215

Das Flugzeug nach Bukarest hatte keine Verspätung. Yasmin wollte ein neues Buch auf ihrem in die Handtasche eingebauten Tablet lesen. Ihre Eltern hatte sie schon ein paar Monate nicht gesehen. Besonders ihre Mutter war gespannt auf die Hochzeitsvorbereitungen. Sie würden gemeinsam das Kleid aussuchen. Nelson und Leila würden sie selbstverständlich begleiten. Dreitausendzweihundertundfünfzehn. Es war ein gutes Gefühl in einem Flugzeug in hoher Geschwindigkeit mitzuschweben. Das Menü, das serviert wurde, bestand aus farbigen Kapseln. Der Geschmack wurde über Kopfhörer erläutert. Mikroscheinwerfer streuten Lichtpunkte über den Boden, um das Sonnenlicht zu imitieren. Die Fenster waren Bildschirme und übertrugen die Außenwelt ins Innere. Die Außenhaut des Flugzeugs war glatt und geschlossen wegen der Aerodynamik. Nelson fühlte sich wie auf einer Reise ohne Ziel. Yasmin erinnerte sich an eine chinesische Freundin, die über die europäische Malerei gesagt hatte, dass sie einen Großteil ihrer Bewunderung für die Künstler verloren hatte, nachdem sie gesehen hatte, dass es in Venedig genauso aussah wie auf den Gemälden. Sie hatte immer gedacht, die Künstler hätten sich die Welt so vorgestellt und diese aus ihrer Phantasie heraus geschaffen.

3217

Dreitausendzweihundertundsiebzehn. Berlin war umgebaut worden. Am Alexanderplatz, in der Mitte der Funkturm in verdreifachter Höhe, darunter in einem Radius von 500 Metern ein riesiger Kristallpalast. Neuerungen auch im schönen Baden-Baden, im Tal konnte man auf Laufbändern durch die Straßen gleiten. Das „Neue Schloss" war umgebaut zu einem tropischen Regenwald, beheizt von den unterirdischen Quellen. Die Länder Europas waren abgeschafft. Einige der alten Sehenswürdigkeiten waren erhalten worden. Es gab keine Regierungen mehr, sondern Algorithmen, die die dezentralen Verwaltungen steuerten. Yasmins Hochzeit war auf einem Schiff in der Halong Bay in Vietnam zelebriert worden. Die Gesellschaft hatte das gesamte Boot gemietet mit Kabinen und einem Blumengarten auf dem Oberdeck. Die Affen auf den Felsen hatten interessiert zugeschaut. Nelson und Leila hatten die ersten Stunden miterlebt und waren dann aufgebrochen in die Tiefsee. Die kleinen Felseninseln lagen wie grün verzierte Felszähne in der ruhigen See. Kein Abschied nach den vielen gemeinsamen Jahren, kein Blick zurück. Ein leises Zittern erfüllte die Bucht in der Nacht von der lauten Musik. Der künstliche Blumengarten war dazu bestimmt, nach dem Ende der Feierlichkeiten ins Meer geworfen zu werden.

3221

„Ich geh mir mal einen Kaffee holen." Empirisch ist das Leben immer unterwegs in Richtung Veränderung. Nelson und Leila mischten sich unter die Thunfische. Sie ließen sich durchlöchern. Ihre Nichtkörper waren völlig empfindungslos. Die Thunfische stritten über die verschiedenen Anteile von Waschtensiden. Da konnte man nur mit dem Kopf schütteln. In den dunklen Tiefen des Meeres lebten selbstleuchtende Fische mit kleinen Laternen. Dreitausendzweihundertundeinundzwanzig. Der Meeresboden, und darauf hatten sie Jahrzehnte spekuliert, sollte ihnen endlich eine Grenze eröffnen, die sie nicht überqueren könnten. Die Erde war, wie sie war und die Wahrheit war, dass sie einfach weiter fielen. Sie benötigten zwei Flugstunden, bis sie die Erdkruste durchquert hatten. Es war dunkel und nicht wie sie vermutet hatten orangerot. Für sie weder heiß noch kalt. Nach einer halben Stunde sahen sie die ersten Leuchtvögel. Leila grüßte sie freundlich. Die Vögel waren weiß und federlos. Sie hatten große schwarze Augen und machten einen sehr zufriedenen Eindruck. Es gab einzelne Leuchtvögel und solche, die in Formationen flogen, Das Licht dieser kosmischen Vögel war fast unerträglich schön.

3222

Neben den Leuchtvögeln schwebten kleine helle Kugeln, die in ein dreidimensionales bandartiges Doppelkreuz eingefasst waren. Sie redeten wirres Zeug, stellten sich ihnen als Zeittiere vor und wirkten optisch wie ein Kreis mit einem Kreuz. Sie lächelten ohne zu lächeln und strahlten ein Glück aus, das einen fast bis an den Rand der Unerträglichkeit ausfüllte. Dreitausendzweihundertundzweiundzwanzig. Sie lebten, ohne zu leben; sie waren wohl die naheliegende Synthese aus Licht und Finsternis. Nelson griff nach einem Zeittier und hätte dabei fast den Verstand verloren. Er wollte es halten, aber konnte es nicht. Jede kleine Berührung war wie ein Schrei des Glücks. Wenn man die Tiere zu lange festhielt, wurden sie unsichtbar. Nelson und Leila tanzten am Rande des Wahnsinns zwischen den brennenden Lichtern der Leuchtvögel. Sie vibrierten nahe am extremsten Glück. Sie wollten die Zeit festhalten. Immer weiter kamen sie ins Innere der Erde. Die Schatten der Leuchtvögel hatten nicht viel mit ihrer eigentlichen Form zu tun. Ihre Flügel waren lang, die Schädel hart und kurz. Die Vögel leuchteten wundervoll und ihr Licht drang durch jede Materie, sodass der Raum endlos wirkte.

Übersetztes Licht. Die Leuchtvögel waren die Schattenträger der Sonne im Dunkel der Erde. Die Zeittiere waren die Verursacher der Schatten, denn wenn Nelson sie festhielt, verschwanden die dunklen kantigen Gebilde in der zähen Masse, die nicht durchsichtig sein konnte, weil sie aus flüssigem Stein bestand. Dreitausendzweihundertunddreiundzwanzig. Die Schatten wirkten wie eigenständige Lebewesen. Sie waren niemals gleich und doch nie mehr oder weniger schön. „Kannst Du mir sagen, aus welchem Grund du leuchtest?" „Du verstehst es nicht, wenn ich es dir sage." „Ich bitte dich darum." Nelson konnte es nicht verstehen. Der Vogel sprach, ohne zu sprechen. Nelson sammelte seine Aufmerksamkeit und stürzte. Im Fallen entwickelte sich ein starker Drang, wieder sichtbar zu werden, wie sie, die dem Wesen nach auch unsichtbar waren. Er ließ sich fallen und Leila blieb zurück, umgeben von Leuchtvögeln und Zeittieren. Nelson fasste den Plan, sich zwei Zeittiere zu greifen und dann sofort die Augen zu schließen, um ihre Sichtbarkeit zu erlangen.

Sehnsucht nach dem Leben. Der Mittelpunkt des Erdballs war der einzige Punkt auf diesem Planeten Widerstand zu spüren als unsichtbares Wesen. Keine Materie, sondern konzentrierte Energie. Ein besonders ausgelassener Leuchtvogel stellte sich ihm als Charly vor. Sein Licht war nicht heller als das der anderen, aber seine Schatten erinnerten an den Umriss einer menschlichen Figur. Böiger Wind schien durch die Lichtwüste zu fegen. Das flüssige Gestein wirbelte und verwirbelte sich. Die Träume der Leuchtvögel traten wie Schlangen aus ihren Schnäbeln hervor und flossen wieder zurück in ihre Schatten. Dreitausendzweihundertundvierundzwanzig. „Du bist der erste Mensch, der uns besucht. Gefällt es dir bei uns? Bist du schon lange tot?" Es gefällt mir sehr gut bei euch, aber ich lebe." „Bei uns erzählt man sich, dass viele Menschen glauben, dass ein Teil der toten Menschen in den Himmel aufsteige und ein anderer in das Innere der Erde hinabstürzen würde. Wir haben nur noch keinen gesehen." Ein zweiter Leuchtvogel gesellte sich zu ihnen. „Können wir dir noch eine Frage beantworten?" Die beiden Vögel schlossen ihre Schnäbel und ihr Leuchten verlagerte sich nach innen.

3232

Das Weltall war ein geschlossener Kreislauf. „Alle unsere Gedanken fließen in die Schatten. Du musst nur lesen, vielleicht findest du die Antwort auf deine Fragen." Nelson sah angestrengt auf die zerfließenden Formen. „Woher wusste er, dass die Leuchtvögel die Wahrheit sprachen?" Er fing ein paar Zeittiere und hielt sie solange fest, bis die Schmerzen unerträglich geworden waren. Er musste sie wieder freigeben. Die Zeit ließ sich nicht festhalten. „Gibt es Leuchtvögel oben auf der Erde?" Niemand hörte ihm mehr zu. Um ihn herum wirbelten Zeittiere. Er selber warf keinen Schatten und er wusste nicht, ob er leuchtete. Einige Leuchtvögel kamen aus der Ferne auf ihn zu wie fallende Sterne. Er hatte das Gefühl aufkeimender Unruhe. Es war nicht der Ort, an dem er bleiben wollte. Sein Herz brannte und seine Gedanken waren wie kleine glänzende Splitter. Er fühlte sich wie ein geschliffener Diamant, der von den Leuchtvögeln gejagt wurde. Wie schön wäre es, ein normales menschliches Dasein zu haben voller schöner Momente, auch mit dem Risiko des Scheiterns und der Endlichkeit. So wurde das Jahr dreitausendzweihundertundzweiunddreißig für Nelson zum Schicksalsjahr.

Noch eine Stunde sollte er warten, sieben dunkle Schwerter waren auf ihn gerichtet. Nelson war umgeben von Leuchtvögeln und die Zeittiere drangen in seinen unsichtbaren Körper ein. Diese Transformation war schmerzhaft und würde endgültig sein. Nelson würde in einen anderen Menschen verwandelt werden und die zeitliche Logik spielte hierbei keine Rolle. Nelson wünschte sich in eine andere Zeit und seiner Intuition folgend erwachte er im Jahr dreitausendeinhundertundvierundsiebzig als Friedrich, der seinen Herzanfall wie durch ein Wunder überlebt hatte. Er war wieder sichtbar und seine Hände rieben über die rauen Steinstufen, griffen hinein in die weichen Haare seiner neuen Frau. Yasmin war kurz verwundert von der Intensität des Moments und wischte ihrem Geliebten die Tränen aus dem Gesicht. Die geistigen Bestandteile von Friedrich gingen über auf den unsichtbaren Nelson, was auch erklären könnte, warum die beiden so treue Begleiter von Yasmin geworden waren. Die Musik auf der Terrasse musste nun nicht unterbrochen werden und die Gäste tanzten weiter im rotgoldenen Licht des Abends.

Ihre Augen glänzten violett mit einem zarten grünlichen Schimmer. Yasmin hatte eine leicht gebogene Stirn. Sie hatte sich schnelle daran gewöhnt von Friedrich Geschenke zu bekommen. Seine Fürsorge erfreute sie immer wieder aufs Neue. Die ersten Monate nach dem Sturz auf der Treppe waren eine perfekte Zeit gewesen. Die erste Reise hatte sie nach Australien geführt. Friedrich fertigte multimediale Präsentationen seiner Eindrücke an und profitierte dabei auch von der Schönheit Yasmins, die er in Szene setzen konnte. Er war weniger eifersüchtig besorgt als vor dem Sturz. Sie liebten sich mit einer außergewöhnlichen Intensität und ihre Leidenschaft füreinander schien sich immer wieder gegenseitig zu entfachen. Dreitausendzweihundertundsiebenunddreißig. Die Simpson Wüste war ihr erstes Ziel, denn dort konnte man ein Zentrum zur innerlichen Körperreinigung durch magisches Wasser aus Morgentau besuchen. Die Kängurus waren in großen Reservaten geschützt und ließen sich stellenweise streicheln. Auf dem Stuart Highway hatte man einzelne Streckenabschnitte für Hochgeschwindigkeitsautos freigegeben, die es einem ermöglichten unter einem Regenbogen durchzufahren. Melbourne hatte man an die Aborigines übergeben und in Sydney konnte man eine Kopie des Opernhaus' besuchen, gefertigt aus buntem Kunststoff in der alten spektakulären Formensprache.

Kamele am Flussufer der Wolga. Yasmin war angetan vom frischen Kaviar und von der Weite des Landes. Moskau war durchzogen von gläsernen Röhren, die ein klimatisiertes Fahren in der Straßenbahn ermöglichten. Die Stadt glitt an einem vorüber und Friedrich bestand darauf im höchsten Hotelturm zu übernachten mit einem grandiosen Ausblick über die Stadt. Die Möbel in dem Zimmer waren aus weichem Leder, die Badezimmer der Suite waren räumlich voneinander getrennt, aber man konnte in einem Monitor dem Partner beim Baden zusehen, sofern dieser per Knopfdruck einwilligte. Der Kernbereich der Innenstadt war den Touristen vorbehalten, sogar der Kreml war umgebaut in einen Erlebnispark. Die Regierung hatte sich selbst in das grüne Umland zurückgezogen. Im postdigitalen Zeitalter war es nicht mehr wichtig, wo man war, sondern alleine, wer man war. Als Geschenk hatte Friedrich diesen Morgen einen Zweig mit frischen Kirschen auf das Zimmer kommen lassen. Direkt von einem Baum geschnitten und am unteren Ende mit einer Schleife aus Samt präsentiert. Dreitausendzweihundertundeinundvierzig. Samt und Seide waren wichtig, um die Zartheit der eigenen Haut zu erleben. Die Kirschen zerplatzten im Mund und ließen die Süße des Himmels in ihre Körper strömen.

3249

Heute haben die Berge nur noch selten Schnee auf ihren Kuppen. Der Popocatépetl gehörte zu den entsprechend verzierten Gipfeln. Seit Jahrtausenden war der Vulkan aktiv. Die Touren waren früher verboten, auch heute waren sie gefährlich. Genau das war der Reiz für die vielen Reisenden. Außerdem war ein aktiver Vulkan natürlich ein möglicher Eingang, die Welt der Zeittiere zu betreten oder ihre Kraft zu erahnen. Mexiko-City war eine Welt voller Farben und die Innenstadt stank köstlich nach Abgasen, denn es gab nur noch wenige Städte auf dem Planeten, die den Betrieb von Fahrzeugen mit Verbrennungsmotoren zuließen. Alle Autonarren dieser Erde wurden von diesen Orten magisch angezogen. Es gab natürlich den VW Käfer, Ferraris und Maseratis, Mercedes und BMWs. Aus allen Epochen einer längst vergangenen Zeit aus Geschwindigkeit, Lärm und Gestank. Wegen anhaltender Wirtschaftskonflikte mit dem großen Nachbar USA wurde im Jahre dreitausendzweihundertundneunundvierzig überlegt, einzelne Küstenorte an der Karibik an ausländische Investoren zu verkaufen zur freien postkolonialen Verfügung.

Mitten in die Welt hinein. Doch was war die Mitte der Welt? Friedrich und Yasmin rasten um den Planeten und tauchten ein in alles, was sich ihnen darbot. Friedrich spürte seinen Körper und genoss ihre Schönheit. Seine Reiseberichte hatten hunderttausende Abonnenten. Die Zeit verging und natürlich hatte er bemerkt, dass Yasmin und er sich nicht veränderten. Sie alterten nicht. Außerdem spürte er die Anwesenheit von Leila, die sie offensichtlich all die Jahre hindurch begleitete. Dreitausendzweihundertundeinundfünfzig. Sie waren gerade in Osaka, das sich zum Las Vegas Japans entwickelt hatte mit Hotel-Casinos und einer mit Wasserstoff betriebenen Untergrundschnellbahn. Yasmin war gerade im Bad und Friedrich stand auf, um einen Blick auf ihren makellosen Körper zu werfen. „Ich gehe kurz in die Sky-Bar, komm bitte später nach." Yasmin hatte eine Haarspange zwischen den Zähnen und nickte. Oben in der Bar bestellte Friedrich eine Flasche Champagner und frischen Schwertfisch. Er fühlte sich gefangen in seiner perfekten Ewigkeit, er atmete laut, nach dem dritten Glas und einer Fußmassage hatte er sich wieder etwas beruhigt.

Dreitausendzweihundertundsechzig. Blumen in elegantem Ambiente dienten der Beruhigung. "Wir reisen ohne es zu müssen und doch müssen wir reisen." In New York waren filigrane Brücken zwischen den spitzen Wolkenkratzern installiert worden. Außerdem konnte man von unzähligen Sprungstationen in die Tiefe springen und auf Plattformen gleiten, um die Gebäude zu wechseln. Yasmin hatte eine Tour gebucht, bei der Friedrich sie verfolgen musste. Natürlich mit geplanten Happy End in einem luxuriösen Hotelzimmer. Wilde Tiere lebten im Central Park. Das Betreten war auf eigene Gefahr und direkt neben den Eingängen hatten sich private Krankenhäuser angesiedelt zur Versorgung der Unfallopfer. Die Freiheitsstatue war komplett vergoldet. Der Hudson River war umgeleitet worden und die eigentliche Fläche von New York war so auf über das Doppelte vergrößert worden. Die Idee könnte aus einem Buch stammen, das im 21. Jahrhundert veröffentlicht worden war. „Schon wieder kein Taxi." Man konnte schon manchmal an der Realität verzweifeln. Der Börsenhandel der Welt verlief computergesteuert. Der Gemeinsinn war pragmatisch ausgelegt auf Erfolg. Das sicherte eine friedliche Weltgemeinschaft.

„Was schreibst du eigentlich?" Yasmin hatte sanft ihre Hand auf Friedrichs Arm gelegt. Friedrich verharrte in seiner starren Körperhaltung. Die Texte flossen als digitale Energie direkt aus seinen Gedanken in die Öffentlichkeit. Er musste sich sehr konzentrieren, denn Zittern oder Zögern konnte den Inhalt verändern. „Pause." Er lächelte. Wie sollte er Yasmin das erklären? Er wollte das Leben aufsaugen wie sie und doch blieb es sein Geheimnis, dass er eigentlich Nelson war, der seine Reise aus der Ewigkeit in die Endlichkeit angetreten hatte und nun wieder in einer neuen Ewigkeit gelandet war. „Wer bist du?" Genau das konnte Friedrich nicht beantworten. „Ich bin der Mann, der dich immer lieben wird." Dreitausendzweihundertundeinundachtzig. Yasmin stand auf und setzte sich auf den Rand des Bettes, ließ sich nach hinten fallen und wusste, dass Friedrich dieser Geste nicht widerstehen können würde. Sie streckte sich und ertastete die Blütenblätter, die sie umgaben. Es war ihre spezielle Gabe eine Vorstellung so intensiv zu spüren, dass die Energie von einem anderen gelesen werden konnte. Also schwammen sie in einem Feld aus weichen Blütenblättern und genossen ihre Küsse. Yasmin ließ strahlendes Licht aus ihrem Mund spritzen, umschloss ihn mit ihren Armen und webte aus der gleißenden Hitze eine weiche Decke, die sie umhüllte wie ein Kokon.

3296

„Wer bist du?" „Licht und Dunkelheit, Yasmin. Wie du auch." Das klang nicht wirklich klar, aber dennoch versöhnlich. Friedrich hatte sich entschlossen, einmal alleine zu reisen. Yasmin war einverstanden. Leila würde wahrscheinlich die Bewegung vorziehen. Das neue maßgeschneiderte Jackett saß perfekt, es war gemacht worden zum Ausreiten. Denn das war es, was er sich vorgenommen hatte. Reiten und die Verbindung mit einem Pferd zu spüren. Die Jahrtausende flogen dahin. Friedrich ging nachts zum ersten Mal in den Stall, um sich einen Gefährten zu wählen. Es war ihr freches Lächeln, das er am meisten vermissen würde in den kommenden Wochen. Dreitausendzweihundertundsechsundneunzig. Yasmin würde sich auch einem neuen Ziel widmen, allerdings war sie entschlossen, sich treiben zu lassen zu neuen Ufern. „Suche die Muscheln in den Ozeanen der Lichter." So zu sein, immer auf der Suche, das war das unsichtbare Band, das sie zu einem Paar machte. Yasmin spürte Friedrich neben sich und lehnte sich entspannt zurück. Die Loggia aus Steinsäulen war mit kleinen Lichtpunkten spärlich beleuchtet. Die meisten Pferde schliefen. Friedrich würde sich auf seinen Instinkt verlassen und seinen Weg finden.

3300

Alles erschien in stetiger Veränderung. Friedrichs neuer Gefährte hatte schöne Augen und er streichelte den festen Nacken. Das Fell war dicht und regelrecht wollig. Die Farbe hatte sich auch ein wenig verändert. Die Getreidefelder wiegten sich im Wind. Die Wolken bildeten die Gischt. Den Signalen am Himmel folgend streiften sie durch die Berge. Der Geruch des Waldes betäubte seine Gedanken. Die Hufe klangen dumpf auf dem weichen Boden. In einer kleinen Stadt machte er Rast. Die Straßen waren leer und die Abendsonne warf lange Schatten. Dreitausenddreihundert. An einer Kirchenfassade waren uralte Metallringe, an denen er sein Pferd festbinden konnte. Friedrich trat durch ein großes Portal aus dunklem Holz. Im Inneren der Kirche war die Luft schwer und duftlos. Die Decke erstrahlte hell und die Fenster wirkten wie riesige Gestalten. In der Mitte war ein Kreis in den Boden eingelassen, der an die Manege eines Zirkus erinnerte. Die Säulen an den Wänden schienen zu schweben. Über dem Kreis wölbte sich eine vom Sonnenlicht durchflutete Kuppel. In dem Kreis stand eine Pyramide aus Holz. Drei Stufen führten hinauf. Die Oberfläche war hart und kalt. Friedrich hatte das Zentrum der Welt gefunden und er war entschlossen noch niemandem davon zu berichten.

3301

Jeder Tag enthielt ein Geheimnis. Jeder Sonnenstrahl war ein Krieger der Freude. Yasmin steckte den Finger in die Marmelade. Die Erdbeeren rührten sich nicht. Die Süße schoss wie ein Wasserfall durch ihren Körper. Die Brötchen trugen Prada oder einfach Marmeladenstreifen. Die Grillen zirpten. Yasmin trat hinaus auf die Steinterrasse. Die Palmen waren gewachsen, der Blick auf den Horizont des Meeres war traumhaft. So konnte ein Morgen beginnen, so konnte ein Leben sich weiter entfalten. Genau jetzt oder lieber in siebenhundert Jahren? Lustvolle Schmerzen durchzuckten ihren Körper. Sie wollte etwas verändern, sich versuchen, das Dasein ganz hart spüren. Wenn du in sieben Tagen nicht die Welt in dich aufgesogen hast, dann wird es dir nie gelingen. Yasmin faltete gelassen zwei Garnituren Seidenunterwäsche und zwei Kleider, sodass alles in ihre Handtasche passte. Ihre Kreditchips im Handgelenk waren dank dem jahrzehntelangen Erfolg von Friedrich ein sicheres Modul, schnell und passgenau in die nächste Woche zu starten. Dreitausenddreihundertundeins. Der gemietete Helikopter landete fast lautlos auf dem Felsplateau oberhalb ihres Hauses mit Meerblick. Ihr Frühstück hatte sie gerade beendet.

3309

Ihr Haar flirtete mit dem Wind. Die Sätze klangen melodisch und in ihrem Inneren formten sich immer wieder neue Strukturen. Sie legte das Fernglas beiseite, mit dem sie in die Sonne geblickt hatte, denn sie wollte nicht erblinden. Jeden Tag ein Schaumbad, jeden Abend Champagner, jeden Monat einen anderen Mann. Nach sieben Tagen hatte Yasmin ein neues Leben angefangen und mit jeder Faser ihres Körpers ausgefüllt. Jedem ihrem Liebhaber schenkte sie zum Abschied eine blaue Krawatte.
Einer hatte sie mit nach Rio genommen. Dort waren alle ausgestattet mit Paintball-Waffen und nach zehn erfolgreichen Schüssen bekam man einen besonderen Drink, der einen zwei Tage in ein buntes Nirwana schoss. Nach drei Treffern am eigenen Leib musste man das Land wieder verlassen. Yasmin hatte sich natürlich einen Bodyguard geleistet, der den Aufenthalt um ein Vielfaches verlängerte. Friedrich wäre nur ein klein wenig überrascht gewesen, wenn seinem Pferd Flügel gewachsen wären. Yasmin trug ein neues Kleid, glitzernde das UV-Licht filternde Linsen, frisch frisierte Haare und ihr Lächeln, als sie Friedrich begrüßte, der aus dem Aufzug stiegt, der direkt in ihrem Penthouse endete. Jahrzehnte waren vergangen und es waren doch nur Minuten. Dreitausenddreihundertundneun Jahre der Ewigkeit.

3333

Sie standen zusammen in dem alten Dorf. Gut, wenn man es schaffte, an wichtige Orte zurückzukehren. Die Wände schienen sich mit der Drehung der Erde zu bewegen. Neben einem Brunnen blieben sie stehen. „Das Wasser fließt." Friedrich beugte sich unter den festen Strahl und spürte die helle Kühle der Quelle. Danach benetzte er sein Gesicht. Yasmin trank aus ihrer geöffneten Hand und klopfte anschließend leicht auf ihre Oberschenkel. Für einen Moment stand die Zeit still. Ihre Schritte schienen die Erde zu drehen. „Gehen wir." Yasmin legte, so wie sie es immer tat, ihre Hand auf seinen Unterarm und schritt elegant an seiner Seite. Kurze Schritte. Dreitausenddreihundertunddreiunddreißig. Die Pyramide aus dunklem Holz trug eine vergoldete Spitze. Friedrich klopfte auf die Seite und es ertönte nur ein ganz undeutlicher Widerhall. Hart wie Stein. Yasmin sah aus wie ein junges Mädchen. Das Licht der Sonne traf jetzt genau auf die Spitze. Yasmin nahm die Hand von Friedrich und legte diese mit ihrer darüber auf die Spitze. Die Haut wurde aufgerissen und das Blut floss langsam das Holz herunter. Jetzt konnten sie das Gehäuse verschieben und es öffnete sich eine dunkle, schmale Treppe. „Setzen wir uns kurz, wir sollten uns ein wenig ausruhen."

3334

Vorsichtig stiegen sie die Stufen der Wendeltreppe hinab und kamen nach einigen Minuten in einen hellen breiten Korridor. An den Wänden und Decke hingen Kristallleuchter. Der Korridor verlief nach rechts und nach links und man konnte das Ende nicht sehen, denn er war abgerundet. Große goldene Spiegel waren hingen jeweils zwischen den weißen Türen, die eine endlose Reihe zu bilden schienen. Friedrich und Yasmin ahnten, dass das Öffnen nicht ohne Risiko für sie sein würde. Die siebte Türe auf der linken Seite zog sie magisch an, also folgten sie ihrem Instinkt, anstatt lange zu grübeln. Kaum eingetreten schloss sich die Türe automatisch und sie blickten auf eine glatte Wand. Dreitausenddreihundertundvierunddreißig. Es schien kein Zurück mehr zu geben. Friedrich blickte auf seine Hände. Leila hatte sie begleitet, aber sie konnte die Türrahmen nur mit Mühe passieren. Yasmin und Friedrich setzen sich an den Tisch einer weiträumigen Küche. Die Wände waren übersät mit getrockneten Blüten. Der Duft von Lavendel kam herein von einem parkartigen Garten. Alles Alte schien hinter einer Wand aus dichtem Nebel verborgen. In den beiden öffneten sich neue Erinnerungen. Sie konnten sich plötzlich an ein Leben erinnern, von dem sie vor ein paar Minuten noch gar nichts gewusst hatten.

3344

Wieder ein neues Leben, wieder Erinnerungen, wieder das unbestimmte Gefühl als Gast in einem fremden Körper zu sein. Seitlich in die Kissen gestützt zeigte Yasmin Friedrich ihr Profil. Draußen sanftes Meeresrauschen. Angenehme Temperatur und auf dem Tisch frischer Ananassaft in großen Gläsern. Der Blick war großartig. Weites, tiefblaues Meer. Sie lebten auf einem künstlichen Atoll, das hydraulisch an den Meeresspiegel angepasst werden konnte. Dreitausenddreihundertundvierundvierzig. Die Anlagen waren meist ausgebucht wegen der perfekten Ausstattung und der guten Erreichbarkeit über den ersten U-Boot-Terminal weltweit. Die Anreise alleine galt als besonderes Erlebnis. Friedrich leitete eine Firma zur Spermien-Optimierung. Erbkrankheiten waren vermeidbar, aber alles hatte eben seinen Preis. Wichtige Erkenntnisse brauchen zum guten Gedeihen eine wundervolle Umgebung. „In welche Richtung möchtest du tauchen?" Eigentlich wollte Friedrich so sein wie ein Fisch, doch er konnte trotz unzähliger Versuche nicht unter Wasser atmen. Yasmin beugte sich über den Tisch und zündete die große Kerze an. Die Flamme erhellte den mit Holz getäfelten Raum.

Wieder im goldenen Korridor schlenderten die beiden zur nächsten Türe. Jedes neue Leben fühlte sich an wie eine digitale Injektion. Das Reisen erfolgte als hundertprozentige Projektion. Ihr Haus in den Hügeln der Toskana war aus Stein. Einige Täler um die klassischen Zentren waren mit Magnetschwebebahnen erschlossen, sodass man sich wie einem komfortablen Netzwerk inmitten vollendeter Landschaften fortbewegen konnte. Die Hänge in der Nähe der Zustiegsstellen waren sehr begehrte Wohnlagen. Sie schlenderten die steilen Treppen bis auf den Bahnsteig aus Marmor. Die Kabinen waren für bis zu vier Personen und wurden automatisch gereinigt. Die Fahrt nach Siena dauerte siebzehn Minuten. Sie stiegen direkt neben der Piazza del Campo aus. Die Ränder waren stabile Terrassen und in der Mitte war ein riesiges Schwimmbecken. Alles unter einer gläsernen Kuppel, die das gesamte historische Zentrum überspannte. Eine Kopie des Platzes stand in China und dort fand das jährliche Pferderennen statt. Die Reiter verlängerten meist ihre Reise und das Ereignis wurde auf großen Projektionsflächen in die Heimat übertragen. Im warmen Wasser schwebend betrachtete man die schwitzenden Pferde. Dreitausenddreihundertundachtundfünfzig. Ein lächelnder Kellner stellte einen duftenden Espresso auf den runden Tisch.

Heute haben sie versucht die Spiegel zu täuschen. Das Bild schien sich immer wieder zu verändern und die Türen wirkten wie ein echtes Zuhause. Leider fehlten die Sitzgelegenheiten. Friedrich erinnerte sich an die Leuchtvögel. Dreitausenddreihundertundsiebenundsechzig. „Komm wir gehen weiter und suchen den Ausgang." Yasmin legte elegant ihre kleine Hand auf seinen Unterarm und sie schlenderten an den flüchtigen Bildern vorüber. Spielerisch unbefangen öffneten sie eine Türe. Sie befanden sich auf einem Boot. Eine Art von Segeljacht mit einer Kabine im Bug und einem geräumigen Mittelschiff. Yasmin war nicht da. Sie lagen festgemacht in einem engen Hafen. Friedrich sprang auf den kleinen Pier und schlenderte in die Stadt. Der Hafen war begrenzt von einigen hohen Türmen, die fast zweitausend Jahre alt waren. Der Hafen war mitten in einer hübschen Stadt und die Bars und Cafés waren voller Menschen, die alle zwischen zwanzig und dreißig Jahre alt waren. Es gab keine Kinder und keine alten Menschen. Außerdem war die Kleidung uniform, der maritime Charme war eine Pflicht für alle Besucher. Yasmin winkte ihm zu, sie aß gekochte Muscheln und trank dazu blauen Champagner. Einige Dinge würden sich wohl nie ändern. Am Nachmittag machten sie gemeinsam das Boot klar, um hinaus aufs Meer zu segeln. Für einen Augenblick gab es kein Gestern und kein Morgen.

Der dunkle Fels fühlte sich warm an. „Der siebzehnte, wann ist das eigentlich?" „Sonntag." „Ich muss nie wieder zum Friseur, meine Haare sind jetzt aus künstlichen Fasern. Die Kopfhaut ist versiegelt. Das Haarwachstum ist abgestellt." „Wann möchtest du weiterfahren?" „Bitte, lass uns noch hier bleiben. Die Fische schmecken frisch gefangen am besten." Friedrich bereitete Spieße vor aus kleinen Würfeln des festen Fischfleischs, Rosmarin, Ciabatta und Räucherspeck, in der Folie direkt in der Glut gegart. Yasmin verdiente das Geld, Friedrich kümmerte sich um die Genüsse des täglichen Daseins. Jetzt waren sie im Urlaub. Yasmin war im Vorstand eines Konzerns für Mikrokörpersonden, die den menschlichen Körper in Stand hielten. Morgen würde es Rochenflügel geben mit frischer Zitrone oder gebratene Jakobsmuscheln mit wildem Spargel. Ihr Wohnmobil hatte vier Bodenanker, die den festen Stand auf fast jedem Untergrund absicherten. Dreitausenddreihundertundeinundsiebzig. Der Bergsee befand sich in einem geschützten Gebiet und Yasmin hatte ihre Kontakte spielen lassen, eine Genehmigung zu erhalten dort einen privaten Aufenthalt zu verbringen. Der Fels wurde kühler, der Himmel strahlte orange. Yasmin presste eine frische Zitrone aus, die sie in der Stadt niemals so finden würden. Die Landschaft vibrierte vor ihren Augen und sie fühlten sich vollkommen glücklich.

3388

Nur hauchdünne Scheiben unterschiedlicher Produkte zu einem Salat gefügt, Minze, Koriander, Ingwer und Reisweinessig. Die Wahrheit war ein scheues Reh. Die Schönheit ließ sich nicht festhalten. „Welchen Duft atmen wir heute?" „Schon wieder Hummer." Der Garten Eden ist mir zu langweilig. Friedrich tastete im Dunkeln nach der Frau neben ihm. Ihr Hemd zart, ihren wirklichen Namen kannte er nicht. „Ich habe eine Überraschung für dich." Sie legte eine frische Auster auf ihren Brustkorb und hielt den Atem an. Sonne und Regen wechselten sich ab wie seit Jahrtausenden. Das war ein besonderes Frühstück. Über der Stuhllehne hing ein rotes Kleid. Um das Bett verteilt lagen Kartons, die angefüllt waren mit Schmuck. Die Sitzflächen der Stühle waren mit blauem Samt bezogen. Sie befanden sich in der Nähe des blauen Nils. Das Rauschen der Wasserfälle drang bis an ihr Haus. Friedrich ließ Diamanten vor Ort schleifen und belieferte mit seinem Schmuck die besten Juweliere in der ganzen Welt. Yasmin liebte den Glanz der Steine. Dreitausenddreihundertundachtundachtzig. Für ihn war es besser, vor Ort zu sein und jetzt würde er zum Fluss gehen und an einem privaten Strand ein Bad nehmen. Zuvor entzündete er eine schwarze Kerze auf dem Tisch auf der Veranda. Die Flamme zuckte vor dem strahlend blauen Himmel und der Kaffee hatte einen Hauch von Lorbeer.

3392

Friedrich ging langsam an der Mauer entlang. Seine Finger streiften
den Stein. Das Kratzen der Fingernägel war ihm zuerst unangenehm,
solange bis er tief in den Stein eingedrungen war. Sein Arm streifte mit dem
Ellenbogen eine weiche Wand. Friedrich folgte der Mauer direkt in seine
eigene Sehnsucht hinein. Das Innere des Gebäudes enthielt eine Fläche
aus Sand. Der Stier, der auf ihn zurannte, schwitzte und Friedrich tänzelte
ihn aus. Yasmin starrte auf den Kampf und wünschte sich, dass es ein
guter Kampf werden würde. Der ausgelaugte Stier würde stillstehen und
ihr Mann würde den Degen mit einer schnellen Bewegung direkt in das Herz
des Stieres bohren. Sein Blut würde in den Boden sickern und ihr Herz
würde noch enger mit dem von Friedrich verschmelzen. So heiß brannte die
Sonne, so schön zuckte das Licht auf den glänzenden Pailletten. Sich selbst
zu vergessen, war das Ziel. Dreitausenddreihundertundzweiundneunzig.
Seine Schritte eroberten den Platz um ihn herum. Der Stier schien dieses
Gebiet zu umkreisen, um es dann zu durchstoßen. Diese unsichtbaren
Muster und Bahnen würde Yasmin anschließend auf ihre Bilder malen,
um sich so mit der Welt zu vereinigen. Sie malte meistens nachts und
trug dabei nur ein vom Kampf mit Schweiß getränktes Hemd ihres Mannes.

3393

Wir sind so, wie wir uns im Traum erfahren. Seilbahnkabinengleich fuhren die Limousinen auf den großen Verkehrsadern. Die Haltepunkte wirkten wie Flughäfen. Friedrich und Yasmin wollten mit einer Freundin deren Geburtstag feiern. In Zürich gab es natürlich einen komfortablen Empfangsbereich für internationale Gäste. Sie waren verabredet mit Schweizer DJ's, die eine Tour durch die besten Clubs mit ihnen machen wollten. Sie starteten im Tresorraum einer Bank, der am Wochenende einen Barbetrieb für wichtige Kunden, schöne Frauen und Szenevolk enthielt. Durch die Schalterhalle ging es durch aufblasbare Röhren. Wer hereingelassen wurde, konnte soviel trinken, wie er wollte. Der nächste Club war im zwanzigsten Stockwerk eines Hauses. Drei Etagen waren zusammengefasst zu einer. An den Rändern klafften Reste von Stahlbeton. Riesige Filmprojektionen an den Wänden, Schminkstationen, Tänzerinnen und Tänzer auf schwebenden Bühnen, die von der Decke herabgelassen werden konnten. Im Plaza konnten sie hinter den DJ's im Backstagebereich sitzen und durch eine schwarze Türe in der Ecke gelangte man ins Untergeschoss mit privaten Räumen für die VIP's. Sie tanzten viele Stunden und vergaßen die Zeit. Dreitausenddreihundertunddreiundneunzig Jahre und sieben Tage auf einem wunderbaren Planeten.

Himmelblaue Möwen waren der neueste Zuchterfolg an der Nordsee..
Der Hamburger Hafen war umgebaut worden zu einem riesigen Areal für
Kreuzfahrtschiffe, die teilweise für eine ganze Woche vor Anker lagen. Die
Frachtschiffe wurden in Wilhelmshaven gelöscht. Man hatte schließlich
das erfolgreiche Hamburg bis an die Küste erweitert. Hamburg selbst
diente ausschließlich dem Vergnügen der Menschen. Eine Perlenkette von
Konzerthäusern lagen am Rande des Hafenbeckens. Friedrich leitete ein
Kunstmuseum. Das Museum war vierundzwanzig Stunden geöffnet.
An bequemen Stationen wurde wahlweise Kultur oder Nahrung als Injektion
in den Körper gespritzt. Das Haus war eine Tankstelle für Körper und
Geist. Die Energie für den Körper reichte für einen Tag, die visuellen und
philosophischen Erfahrungen hielten Monate. Das Haus finanzierte sich
durch diese Ladestationen. Dreitausenddreihundertundneunundneunzig.
Von hunderttausenden Kreuzfahrttouristen wollten sich einige auch ein
Andenken in ihrem Körper mitnehmen. Gegen eine besondere Gebühr und
nur auf Empfehlung konnte man sich die eigenen Erinnerungen modifizieren
lassen. Keine Angst vor dem, was sich in uns als künstliche Erfahrung
eingenistet hatte. Friedrich kümmerte sich persönlich um die perfekte
Reinheit der Ergebnisse.

3402

Sie hatte ihm alles erzählt und betont, dass es schön gewesen wäre. „Ich habe das Schwimmen so vermisst." Friedrich tauchte jeden Tag einmal quer durch den See. Andere Menschen wären wahrscheinlich dabei ertrunken, da es sich um die Strecke von 3500 Metern handelte. Die Ufer des Lac Lemans auf der Schweizer Seite der Rhône im Bereich der Stadt Genf waren der Bildung und Ausbildung der aufstrebenden Jugend vorbehalten. Die französische Seite bis Evian war an die Schweiz verpachtet. Die Uferzone war nun erschlossen durch luxuriöse Appartementhäuser für die reichen Alten dieser Erde, die sich durch das gute Wasser und die mondäne Umgebung eine gewisse Lebensverlängerung versprachen. Friedrich tauchte jeden Tag von der Seite der Jugend zur Seite des gepflegten Übergangs. Yasmin leitete eine der besten privaten Universitäten. Friedrich kleidete sich ausgesucht gepflegt und rundete seine Erscheinung ab mit seinem durchtrainierten Körper. Sie lebten in einem kleinen, aber wundervoll geschnittenen ehemaligem Bootshaus mit Blick auf den See und die Berge. Unter Wasser gab es keine Vergangenheit, nur den eigenen Atem und die Sehnsucht nach der Essenz der Existenz. Dreitausendvierhundertundzwei. „Was vermisst du in deinem Leben?"

Omsk, das Tor zur weiten Tundra Sibiriens. Alles glänzte golden, die Kuppeln, die Türen, das Lächeln der Menschen. Viele kamen, um einmal die echte Natur zu bewundern. Von klimatisierten Hotels startete man so oft man wollte in Überraschungskapseln in den Himmel. Dort erlebte man die Schwerelosigkeit und fiel in Weltraumkapseln irgendwo in die Wildnis. Drietausendvierhundertundsieben. Man konnte dann auf eigene Faust einen Rückweg suchen oder sich retten lassen, was die meisten bevorzugten. Natürlich war ein kleiner Spaziergang Pflicht, um die Wildnis zu spüren. Einige Wölfe hatten sich auf die herunterfallenden Kapseln spezialisiert. Die automatischen Laserpistolen dienten daher nicht nur zur Dekoration. „Wer erbeutete wen?" Diese Frage stellen sich auch Männer und Frauen gelegentlich. Yasmin streichelte den großen weißen Hund, den Friedrich ausgesucht hatte. Ihre Felljacken saßen locker auf den Schultern. Die Schneeschuhe hatten sie auf den Rücken geschnallt. Der Wolfshund würde sie führen. „Ich möchte keine Pläne mehr machen." Das hatte sie sich gewünscht. Ihre Kinder hatten sie in Indien gelassen, hatten sich drei Monate befreien lassen von der Arbeit als Programmierer. Das Team würde sicherlich ohne sie zurecht kommen. Martha und Marie würden weiter in die Schule gehen. Nur ihr Lächeln würde sie vermissen und die geheimnisvollen Augen ihrer beiden Engel.

Spiegelscherben, Zartbitterschokolade, Seidenhemdchen. Yasmin schnitt den frischen Fenchel in kleine Würfel. Immer wieder rutschte ihr Träger von der Schulter. Ihre Haare dufteten frisch und schimmerten in tiefem Schwarz. Zu den Würfeln ließ sie das Forellenfilet fallen, das sie einfach mit den Fingern in kleine Stücke zerdrückte. Gehackte Zwiebeln, Honigessig, einen Schuss Sojasauce, Pfeffer, Fleur de Sel. Wichtige Ideale, steile Straßen, ein weiter Himmel. Orvieto im Spätherbst. Yasmin deckte in den Tisch in der Loggia des Hinterhofes. Dreitausendvierhundertundachtzehn. Die Sonne wärmte ihre Wangen und Friedrich würde sicherlich bald von der Jagd im Tal nach Hause kommen. Die Lage auf dem Hügel hatte Orvieto schon vor Jahrtausenden Sicherheit verliehen. Jetzt war diese Symbolik wiederbelebt worden, denn in den Ebenen der Toskana lebten große Herden wilder Büffel sowie große Raubkatzen, die speziell gezüchtet worden waren zur Neuordnung des Wildbestandes. Es gab weder Benzin noch Elektrizität, man bewegte sich zu Fuß oder auf dem Pferd. Die Eichenwälder waren wundervoll, die Luft war rein. Yasmin zögerte kurz, bevor sie die Kerze entzündete, die sie zuvor in der Mitte des Tisches platziert hatte.

3429

Augen erschienen wie lebendige Wesen und doch waren dies nur Worte. Wie ein riesiger Falke wirkte der Felsen. Die Luft war schwer und der Nebel schien der Morgenröte ihren Auftritt nicht zu gönnen. Sie schritten zwischen hohen Büschen auf schmalen felsigen Wegen. Der Duft umschmeichelte die Sinne. Langsam wurde es Tag und nach über fünf Stunden standen sie auf einem Plateau mit einem stillen See. Das Wasser klar und kalt, die Ufer in sattem Grün. Dreitausendvierhundertundneunundzwanzig. Um sie herum Bergspitzen und der klare Himmel. Hier zu bleiben für alle Ewigkeit erschien für einen Augenblick wie ein schöner Traum. Doch dazu fehlte es hier oben an Nahrung und eine Besiedlung würde den Charme der Stille und Einsamkeit für immer zerstören. Yasmin strich sich die Haare hinter die Ohren und Friedrich legte sanft seine Hände auf ihre Schultern. In seinem Kopf drehten sich andere Gedanken und Friedrich ließ sich nach hinten sinken ins Gras. Der Kuss ihrer Lippen auf den seinen weckte ihn aus einem kurzen tiefen Schlaf. Sie erklommen ein riesiges Feld aus Geröll, dass sich zwischen zwei Felswänden nach oben zog. Die letzten einhundert Meter mussten sie etwas klettern, bevor sie den Gipfel des Monte Rotondo erreichten. Friedrich kaute auf einem Zweig Rosmarin und der Geschmack ergoss sich in seinen Körper, um dort wie helles Licht zu erglühen.

3433

Müde Augen am Mittag, die langsam hineinglitten in den Tag. „Wie waren die Gäste letzte Nacht?" „Und bei dir?" Yasmin lachte. Sie arbeitete als Tänzerin in einem Cabaret. Ihre Kolleginnen waren ebenso attraktiv wie sie und im Grunde ging es darum den schönen Anblick in einen schönen Augenblick zu verwandeln unter Hinzunahme von teuren alkoholischen Getränken. Friedrich arbeite als Kellner in einer kleinen Bar, die auch Essen anbot. Die Spezialität waren vegane Burger, die schmeckten wie saftiges Rindfleisch. Die Gäste konnten hineinbeißen in das Fleisch, das keines war. Yasmin trug wie jeden Morgen einen Mantel aus Seide, der in China für sie nach Maß angefertigt worden war. Sie hatten für jeden Tag eine andere Farbe und am Montag trug sie Blau. Auf dem Rücken waren Kreise mit sich überkreuzenden Linien in der Form der Zeittiere aus dem Inneren der Erde. An den Wänden hingen lebensgroße Fotos von Yasmin aus den letzten sieben Jahren. Dreitausendvierhundertunddreiunddreißig. An ein paar besonderen Tagen im Jahr brachte sie eine Freundin mit von der Arbeit und sie tanzten auf der kleinen Bühne im Wohnzimmer. Friedrich war der einzige Gast und für die Stunden nach dem Tanz wäre er gerne bereit zu sterben oder diese gegen viele seiner Leben einzutauschen.

3434

Die Lichter im Aufzug blinkten in einem matten Violett. Die Türen waren aus massivem Metall. Jedes Haus hatte einen privaten Zugang zu den unteren Geschossen, die die Arbeitswelt beherbergten und Räume zum Entspannen. Der Place de Vosges war mit einer Glaskuppel überbaut, alle öffentlichen Eingänge mit schweren Stahltüren versehen worden. Der Zugang war nur noch den Besitzern der Residenzen erlaubt. Erbaut für die Grafen und Herzöge Frankreichs waren die schlossartigen Segmenten nun den wichtigsten Familien des Planeten vorbehalten. Die Bewohner hatten kein Recht zu vermieten und es waren keine Gäste zugelassen. Dreitausendvierhundertundvierunddreißig. Die Schleusen hinter den Stahltüren waren gefüllt mit elektronischen Sensoren, die die Identität nahezu zweifelsfrei und automatisch ermittelten. Friedrich war zuständig für die Dekoration der Häuser, sofern seine Dienste gewünscht waren. Die Möbelstücke konnten in riesigen 3D-Druckern im Keller immer wieder neu an die Bedürfnisse angepasst werden. Yasmin programmierte die Urlaubs- und Lebenserinnerungen, die man in den Entspannungsräumen buchen konnte. Die wichtigsten Persönlichkeiten des Weltrates unterhielten diese Residenzen gerne. Der Innenhof wurde bespielt mit klimatisierten Jahreszeiten. Die Spaziergänge im Innenhof sind frei von digitaler Steuerung und imitierten das wahre Leben der vergangenen Jahrhunderte.

3453

Reagieren auf neue Gegebenheiten ist eine wichtige Lebensstrategie. Die USA haben vor tausend Jahren Alaska an China verpachtet. Das Land diente fortan als Luftkurort für die gepeinigten Lungen der Chinesen aus den industriellen Ballungszentren. Die Überfahrt erfolgte als Fastenkur auf alten Kreuzfahrtschiffen. Damit verbunden war eine Reinigung der Körper von innen. Die Amerikaner hatten das Land im Norden vollständig geräumt, nur die Ölbohrrechte vor der Küste hatten sie behalten. Friedrich arbeitete auf einer dieser Plattformen, seine Firma hatte einen speziellen Vertrag mit China, der es ihnen erlaubte einen Küstenflughafen zu benutzten, was eine recht komfortable Reise nach Hause ermöglichte. Die Arbeiter und Ingenieure arbeiteten drei Wochen, um dann für vierzehn Tage nach Hause zu fliegen. Dreitausendvierhundertunddreiundfünfzig. Die Grenze zu Kanada war als riesige Mauer gestaltet, denn den Chinesen ging es Vollkommenheit, daher waren ausländische Gäste nicht willkommen. Die Mauer war nach dem Vorbild des geteilten Deutschlands an der Innenseite bunt bemalt. So konnten chinesische Künstler in ihrem Talent für malerische Perfektion gefördert werden. Eine wunderbare Synthese der Jahrtausende, Berge, Bäume und Wasserfälle verwoben mit Helikoptern, Unterseebooten, blühenden Zweigen und bunten Vögeln.

Weichenstellungen oder Verhandlungen. Yasmin verschloss den Deckel auf dem dampfenden Erdloch. Vulkanbrote für den lokalen Markt, während Friedrich seine Kontrollfahrt machte zu dem mit eigenen Händen erbauten Wasserkraftwerk. Zuerst hatte er einen Stausee ausgebaggert und am unteren Ende, unweit von der Küste eine Turbine angeschlossen. Das Häuschen hatte große Fenster und ein großes Sofa stand bereit, um beim Rauschen des Baches die Aussicht zu genießen. „Warst du draußen? Hast Du die Wassertemperatur im Überlaufpool gemessen?" „Ja, es ist 62 Grad heiß, das Wasser kommt direkt aus der Erde." „Kühlst du es für mich, das wir später schwimmen gehen können im Abendrot?" Friedrich wusste, dass er darauf nicht verzichten wollte. Das Kraftwerk erzeugte etwa sieben Kilowattstunden, was es ihnen ermöglichte ein paar kleine Gewächshäuser zu beheizen für frische Tomaten und spezielle Bohnen, die schmeckten wie Krabbenfleisch. Yasmin würde sicher wieder ihren Badeanzug vergessen, das hatte Tradition. Dreitausendvierhundertundsiebenundfünfzig. Die Hügel um das große Gelände waren durchzogen mit schmalen Kieswegen, gerade so breit wie ein Auto. Man konnte dort eine Runde fahren und der Kies machte laute Geräusche. Es klang wie bei Starkregen unter einem Blechdach. An einigen Stellen standen nachgebaute Monumente aus der ganzen Welt.

3461

Orangefarbene Türen, ein Sofa mit Eisbärenfell. Das Zimmer war leer. Yasmin saß auf einem Stuhl, der in einem Meter Höhe an der Wand befestigt war und sie wirkte leblos. Die Hoffnung des Tages war das Morgen. Friedrich setzte sich und vertiefte sich in seine Erinnerungen. „Ich versuche, ein wenig zu schlafen." Die Zeit kurz vor dem Einschlafen eignete sich am besten zur Arbeit an den eigenen Erinnerungen. Die Straße schien endlos, immer wieder streifte seine Schulter andere Menschen. Ein kurzes Lächeln berührte sein Bewusstsein. Seine Finger tasteten im Gras nach einer kleinen Blüte. Er suchte etwa drei Minuten und elf Sekunden. Da, ein Gänseblümchen, fein und leicht. Friedrich spießte die kleine Blüte auf den Angelhaken. Er konnte die Forellen sehen, wie sie im Teich ihre Kreise drehten. Beim Eintauchen des Schwimmers bildeten sich viele Kreise auf der Wasseroberfläche. „Was dachten die Forellen? Was liebte Yasmin an ihm am meisten?" Die Forelle, die die Blüte schließlich erbeutete, war nicht besonders groß. Ihre Haut war glatt und leicht gemustert. Dreitausendvierhundertundeinundsechzig. Er würde das Innere mit frischem Thymian würzen. Dieser Duft bedeutete ihm sehr viel.

Den roten Schimmer in der heißen Glut liebte sie. Die Flammen spiegelten sich in ihren Augen und die Hitze lag wie ein Schleier auf ihren Wangen. Leicht gerötet streifte sie sich ihre Weste ab. Neben dem Ofen lagerte ein Schweißbrenner. Der Boden war aus Beton und ihre schweren Schuhe ließen ihre Bewegungen wie in Zeitlupe wirken. Yasmin gestaltete Kleider und Möbel mit dem Schweißbrenner. Die Ecken edler Stühle wurden verkohlt, die feinen Stoffe erhielten schwarze Ränder oder Löcher, die den Stücken einen ganzen neuen Touch verliehen. Das alles veränderte die Wirklichkeit und war ein kostbares Spiel für die, die sich am Alltäglichen satt gesehen hatten. Dreitausendvierhundertundzweiundsiebzig. „Ist das nicht charmant?" schienen ihre Augen zu fragen. Voller Feuer, voller Sehnsucht nach dem wirklichen Licht der Zeit. Der schwarze Ruß glänzte seidenartig. Ihr Studio befand sich in einem Vorort von London. Die City erreichte Yasmin mit einem kleinen Schnellboot. Ihr Shop lag direkt an der Themse und ihre wichtigsten Kunden holte sie gerne mit dem Boot an einem vereinbarten Treffpunkt ab. Friedrich lebte zurückgezogen auf dem Land. Sie sahen sich einmal im Monat und liebten sich dennoch unsterblich.

„Das lässt sich nur schwer begreifen." „Stell dir bitte vor, dass ich gar kein Mensch bin, sondern ein Wesen aus einer anderen Zeit." Der Bahnhof der Bergbahn in Chamonix hatte eine automatische Schalteranlage. Der Rückweg vom letzten Gletscher in Europa erfolgte wahlweise über einen Sommerrodelbahn auf Schienen, mit Treckingrollern, zu Fuß, mit dem Gleitschirm oder mit der Zahnradbahn. Chamonix selbst hatte mehrere Hoteltürme, die jeweils über dreihundert Meter in die Höhe ragten. Einer der Türme war Schweizer Territorium, ein weiterer gehörte der erneuerten russischen Föderation und der dritte war eines der wichtigsten Hotels. Wichtigkeit konnte man aber nur schwer messen. Es geht und ging um das Glücklichsein. Auch im Jahre dreitausendvierhundertundfünfundneunzig. Siebenhundert großzügige Zimmer, die jeweils sechs Etagen zugeordnet waren. Diese wiederum hatten ihr eigenes Spa und eigene Restaurants, die im Preis inklusive waren. Der Blick war reizvoll, aber verschaffte Friedrich nur eine kurze Befriedigung. Seine Unrast machte ihn zu einem Getriebenen. Er kaufte sich jeden Monat einen neuen Anzug und einen neuen Namen. Durch seine Unsterblichkeit war er einigen wichtigen Menschen unheimlich geworden. Yasmin begleitete ihn diskret und konnte durch gezielte Veränderungen von Frisur und Make-up immer wieder einen neuen Eindruck kreieren.

3497

Sonnenflecken auf spiegelnden Oberflächen und unendliche Zärtlichkeiten. Sie wussten, dass dies nicht ewig so weitergehen konnte. Yasmin lag ausgestreckt auf der Liege eines Schönheitssalons. An den Wänden dynamische Bilder auf Leinwand. Die Kundinnen suchten Entspannung und einige Männer kamen, um diese besondere Atmosphäre zu spüren. Um diesen Moment zu verlängern kauften sie oftmals die Kunstwerke, was für alle Seiten eine gute Sache war. Aufgeladen mit Energie wurden kleine Gegenstände zu Pretiosen. Glänzende Erinnerungsfetzen, die sich zusammenfügten zu einem Leben, das eigentlich nur in unserem Kopf stattfand. Dreitausendvierhundertundsiebenundneunzig. So reisten wir durch die Räume aus Gedanken. Das Jetzt beim Tippen dieser Worte war eindeutig Vergangenheit, egal ob der Text eigentlich in der Zukunft spielte. Die Gesichtsmaske fühlte sich weich und kühl an wie ein frühlingshafter Wind. Friedrich war nicht in der Stadt. „In welcher Stadt?" „In welchem Leben?" Sie würde jetzt nach Hause fahren, dort einen Koffer packen, die wichtigsten Papiere einpacken, einige edle Kleidungsstücke. Yasmin überlegte, schritt von Zimmer zu Zimmer. Mit der Faust schlug sie auf die harte Wand, ging zur Terrassentüre, öffnete diese, schritt die breite Treppe in den Garten. Sie lebten in dem Haus, in dem vor langer Zeit ihre Geschichte eine neue Wendung genommen hatte.

„Rufen sie später wieder an, vergessen Sie aber das Bananenbrot nicht."
Die sechs Bananen schälen, in den Mixer schmeißen, mit kühlem Wasser aufgießen zur Menge von etwa einem Liter, dazu ein Kilogramm Mehl, Trockenhefe, etwas Zucker und Salz, eine Hand voll Honig und eine Hand voll Mandeln. Alles zusammen in einer Schale zu einem Teig kneten.
Die kleinen Häufchen einfach backen. Friedrich strich sich mit den Daumen über die Schläfen. Viele Stunden werden zu einem Tag zusammengeklebt. Leidenschaft als Geschäftsmodell. Wiederholung als Service. Die schönsten Erinnerungen wurden konserviert und konnten als Injektionen dem eigenen Bewusstsein zugeführt werden. Besonders beliebt waren die köstlichen Erfahrungen beim Essen oder bei erotischen Eskapaden, an die man gerne zurückdachte. Dreitausendfünfhundertunddrei. Ein besonderes Beispiel war die erste Tasse Kakao mit aufgeschäumter Milch und Marshmallows, die von der Hitze angeschmolzen worden waren. Friedrich nahm an seinem eigenen Geschäftsmodell nicht teil, denn er zog die aktive Erinnerung und echte Erlebnisse den künstlichen vor.

3504

Es ist nie zu spät, die eigene Sehnsucht weiterzuentwickeln. Unscharfe Konturen im Abendlicht. Yasmin suchte an diesem Tag die Bestätigung für die zerschlagene Vase, eine Bestätigung für ein zerbrochenes Leben. Das Alter der Vase war beeindruckend, auch die Bronzeeinfassung, die ihr als Kleid verpasst worden war. Neue Zahlen lagen auf ihrem Tisch für sie bereit. Das Vergessen war in seiner Widersprüchlichkeit nur der Sonnenfinsternis verpflichtet. Wie konnte sie die Vortrefflichkeit finden, ohne das Alte hinter sich zu lassen? Dreitausendfünfhundertundvier. Yasmin wiegte das Glas in ihrer Hand. Vor dem Abendrot standen an diesem besonderen Abend keine Wolken, die die Bewegungen des Winds veranschaulicht hätten. Man musste sich darauf beschränken, dass das rote Licht in den Augen flackerte. Die Wunder der Nacht warteten. Die Scherben blieben unberührt für heute. Wie konnte sie die Sprunghaftigkeit ihrer Gedanken in den Griff bekommen. Das Meer der Bucht von Marseille antwortete nicht auf ihre Fragen. Der Küstenstreifen war fünfhundert Meter breit, dahinter lag eine hohe Mauer. Hinter dieser Mauer erstreckte sich eine Terrain für Flüchtlinge, die fast täglich mit Booten an den Küsten Europas landeten. Marseille und sein Hinterland diente als erste Station, ihre Zukunft war ungewiss. Der schöne Blick blieb, den hatte man sich gesichert..

Lackierte Fingernägel, eine Tasse doppelten Espresso, ein paar Minuten Stille. Der Felsen spendete Sicherheit, die Wände waren schmucklos. Der Blick atemberaubend. Sein roter Sportwagen kurvte die Küstenstraßen entlang. Die Treppe führte direkt auf das Dach des Hauses. Auf einem Handtuch sonnte sich eine blonde Frau, neben ihr auf dem Boden stand ein Tablett mit Eiswürfeln, darauf waren frische Erdbeeren drapiert. Ihre Sonnenbrille steckte im Haar auf der Stirn. Neben der Frau waren Kameras, sie schien die Aufmerksamkeit zu genießen. Wer konnte sagen, was wirklich in ihr vorging. Wir leben wie in einem Film. Yasmin zerschnitt mit einem kleinen Messer die Erdbeere in zwei Hälften und teilte sie mit der Frau auf der Dachterrasse. Friedrich ging zurück zur Straße. Er hatte jeden Halt verloren und setzte sich hinters Steuer. Er würde den Mann mit dem Hut die Meinung sagen oder sich aus der verwickelten Situation zurückziehen. Er war ein erfolgreicher Produzent und Personen um ihn herum waren Schauspieler. Dreitausendfünfhundertundfünfundzwanzig. Yasmin war zuständig für die Haare der Hauptdarstellerin. Sie hatten sich angefreundet und so war aus dem Film unmerklich das echte Leben geworden.

3533

Zu lieben ist eine Hypothese. Den ganzen Sommer lang dachte er über die Möglichkeiten nach, die Wirklichkeit zu erweitern durch eine parallele Ebene, die die Zeit verlangsamte und den Menschen die Möglichkeit geben würde in wichtigen Momenten die Zeit zu verlangsamen oder sogar in eine parallele Welt umzusteigen. Diese Welt könnte wie auf Schienen wieder zurückgeführt werden in die eigentliche Lebensebene. So könnte man Fehler, die man gleich erkannte ungeschehen machen oder man könnte ich ganz den Möglichkeiten der Freiheit hingeben wie in einem Spiel. Transformationen des Seins zur Überwindung des Schicksals. Friedrich schaute in den dunklen Himmel. Dichte Wolken, kalter Wind. Er strich sich mit der rechten Hand über die Finger seiner linken. Zerrbilder aus fernen Zeiten schienen in der Dunkelheit zu tanzen. „Wir sehen zum Himmel und der Mond gibt uns Trost." „Heute ist immer heute." Ganz zart leuchtete die Kante einer Wolke, ganz leicht war alles, wenn man vertraute, dass es gut und richtig werden würde. Dreitausendfünfhundertunddreiunddreißig. Friedrich verlangsamte sein Bewusstsein, versuchte anzuhalten im Strom der Zeit. „Ja, das war ein möglicher Weg."

3539

Der Morgen kam, musste kommen. Der kleine edelsteinverzierte Anhänger zeigte ein großes „F". Friedrich war etwas verwundert. Ihre Wangen waren fest und rund. Er liebte es, wenn sie schüchtern nach unten blickte, um anschließend in seine Augen zu schauen. Nur jetzt, nur heute Morgen war die Welt perfekt. Der junge Mann auf dem Sessel neben ihnen schien die Szene zu beobachten. Friedrich reichte der jungen Frau eine Visitenkarte und sie steckte sie diskret unter die Schreibauflage das Tisches. Das „F" um ihren Hals blitzte und funkelte. „Sicher. Kommen sie vorbei, wann es ihnen passt." Die Türen waren aus Glas, am Boden standen Vasen voller Blumen. Kaum war er auf der Straße, tobte über ihm ein Drohnenkampf. Langsam, eng an den Häuserwänden konnte man sich bewegen. Der junge Mann aus dem Geschäft folgte ihm. Gebäude und Menschen ergaben ein lebendiges Ganzes. Ein lautes Zischen direkt neben Friedrich erschreckte ihn. Das Metallrohr traf ihn auf der Schulter. Der Schmerz zuckte durch seinen Körper. Er hätte sie gleich mitnehmen sollen, dann wäre dies hier nicht passiert. Der junge Mann zerschnitt seinen Mantel, die Hände auf dem Rücken gefesselt, schleifte er Friedrich bis zu einer Brücke. Wegen der Drohnen am Himmel, waren die Passanten um ihr eigenes Leben besorgt. Friedrich stellte sich vor, wie er im Inneren einer Tulpe wohnte und süßen Nektar schlürfte. Dreitausendfünfhundertundneunundreißig.

3542

Dichte Straßen voller Menschen, Kulturverschiebungen rund um den Globus. Barcelona war an China verpachtet worden, es war das Herzstück der Modeindustrie. Designer aus der ganzen Welt kamen zum Studium. Als Sprache hatte sich, wie in ganz Europa, Englisch durchgesetzt. Die Markthallen dehnten sich Kilometerweit aus und offerierten Produkte aus ganz Asien. Der Hafen hatte einen Bereich für Schnellboote, damit der Jet Set von den Mittelmeerinseln zum Einkaufen kommen konnte. Natürlich wurden auch Kleider für eine Party geliefert. Die Küstenorte nördlich von Barcelona offerierten Schönheitskuren für den ganzen Körper. Die Zugstrecke verlief entlang der Küste, schon seit Jahrzehnten gab es keine Autos mehr. Die Mönche auf Montserrat kamen aus Korea, in den Felsen waren Stollen gegraben worden, die umgebaut worden waren zu Suiten der geistigen Erholung. Wie Adlernester wirkten die verglasten Balkone. Yasmin arbeitete in einer Sektkellerei als Fremdenführerin, während Friedrich seine Weinberge bewirtschaftete. Nur edelster Rotwein wurde in kleinen Fässern ausgebaut. Die Reichen und Schönen konnten schon immer das Leben genießen. Dreitausendfünfhundertundzweiundvierzig.

3547

Leila hatte alle Stationen des wechselhaften Lebens von Friedrich miterlebt. Ihre mentalen Kapazitäten hatten sich exponentiell vergrößert. Die Zeittiere waren gute Lehrmeister. Friedrich hatte sich nach dem echten Leben gesehnt und war bereit zur Rückkehr in ein sterbliches Dasein. Nun war er gefangen an einem besonderen Ort. Der Gang mit den vielen Türen war unter Umständen eine Falle. Sonderbare Lichterscheinungen sollten die Menschen stutzig machen. Leuchtvögel reisten im strahlenden Sonnenlicht, sodass sie für das menschliche Auge nicht sichtbar waren. Gerade hatten sich Friedrich und Yasmin wieder in ein neues Leben eingefunden. Die Erinnerungen an die eigene Kindheit waren Illusion, sie hatten keinen Vater und keine Mutter. Sie waren aufgetaucht und konnten die anderen schnell durch ihren Charme und ihre Erfahrung für sich gewinnen. Friedrich sah Yasmin nur sehr selten, denn ein Kontakt war ihnen verboten. Tiflis war seit Jahrhunderten eine Region, die nur von Frauen bewohnt wurde. Die Männer waren ausquartiert worden und lebten in Siedlungen in den Bergen. Dreitausendfünfhundertundsiebenundvierzig. Das Leben dort wurde gesteuert von den mächtigen Klöstern. Die Frauen in den modernen Städten konnten sich mit ihren Gefährten für eine gewisse Zeit am Schwarzen Meer aufhalten. Die Städte selbst waren aufgeräumt und kein Mann hatte das Recht dieses erfolgreiche Modell zu stören.

Spiegelnde Lichter auf dem Bosporus. Der Tropfen schmeckte köstlich und war ein Gleichnis für den überfeinerten Genuss, den eine erfolgreiche Stadt zu ihrer Kultur gemacht hatte. Natur und Leben in kleinen konzentrierten Dosierungen. Geschmacks- und Gefühlsexplosionen anstatt langatmiger Alltäglichkeit. Drietausendfünfhundertundfünfundfünfzig. Der europäische Teil von Istanbul war an Europa ausgeliehen für eintausend Jahre und bildete einen unabhängigen Staat. Die Kulisse war äußerst beeindruckend. Die Steuereinnahmen wurden gerecht geteilt und die freie Handel kam beiden Seiten zugute. Friedrich streichelte eine Statue aus Jade. Die Formen waren abgerundet und die Bewegung beruhigte ihn. Yasmin und er betrieben einen Handel mit Edelsteinen. Das war die letzte Währung, die weltweit Bestand hatte. Istanbul war der weltweit größte und wichtigste Handelsplatz für Diamanten. Wer es sich leisten konnte, ließ sein Badezimmer aus massiver Jade gestalten. Die Wände waren leicht transparent und von hinten beleuchtet. Die Firmen hatten ihren Sitz in China und man nutzte die Eisenbahnstrecke entlang der alten Seidenstraße zum Transport der Güter. Das Konzept war im 20. Jahrhundert von einem deutschen Ingenieur entwickelt worden. Yasmin trug ein Kleid aus roter Seide, das Friedrich ihr geschenkt hatte.

Die Kraniche tanzten noch immer. Manchmal fanden einige Bewohner von Hokkaidō Zeit ihnen dabei zuzuschauen. Sie sahen auch sonst Dinge, die anderen oft verborgen blieben. Die Insel war gesperrt für Besucher oder Touristen. Nur Menschen mit extremen psychischen Auffälligkeiten durften sie betreten und bleiben, solange sie wollten. Die Bewohner versorgten sich selbst und die Gemeinschaft arbeite als Ideenschmiede für die Industrie. Die Länder Asiens hatten sich zusammengeschlossen zu diesem Projekt und schickten ihre zivilisationskranken Menschen an diesen besonderen Ort. Die Selbstmordrate in Japan war drastisch gesunken, seither. Die Tiere auf der Insel lebten im Einklang mit den Menschen. Friedrich und Yasmin traten immer gemeinsam auf, hielten sich an der Hand und tauschten so ihre Gedanken aus. Die Ewigkeit war nicht immer leicht zu ertragen. Es gab ein paar Zentren, die denen offenstanden, die ihre Gedanken mit der Welt teilen wollten. Dreitausendfünfhundertundeinundsechzig. Die Insel der Seeligen wurde Hokkaidō auch genannt. Ein Watteau hätte seine Freunde daran gehabt. Meist war es friedlich, denn die Wälder und Berge ließen sich nicht aus der Ruhe bringen, was den unruhigen Seelen guttat.

Rosenduft und Weite gehörten zum Standard der neuen Wohneinheiten, die entlang der Chinesischen Mauer errichtet worden waren. Einfach immer entlang an der historischen Stätte. Nach innen versetzt in einem Abstand von ca. 300 Metern. Stellenweise durch aufwendige Stützkonstruktionen in dem unwegsamen Gelände verankert. Die Grundstücke waren eine Gesetzeslücke, die ein cleverer Geschäftsmann aus Hongkong entdeckt hatte, denn auf dem Niemandsland nahe der historischen Mauer war kein Besitz möglich, allerdings gab es auch kein Gesetz dieses Land nicht zu besiedeln. Insofern war das Bebauen möglich und da es sich um Niemandsland handelte. Dreitausendfünfhundertundvierundsiebzig. Unter dem neuen Häusern verliefen Vakuumröhren für den Waren- und Personentransport. Der Blick war in beide Richtungen unverbaubar und jede Wohnung verfügte über einen Balkon und eine Terrasse. Gärten waren nicht erlaubt, was die Bewohner zu guten Konsumenten machte, die alles, was sie zum Leben brauchten angeliefert bekamen. Friedrich genoss den Tee und den traumhaften Blick. Er besaß mehrere Wohnungen, die zu einer langen Kette verbunden worden waren. Platz gab es ja genug.

„Wer bezahlt uns eigentlich die nächsten Weltreisen?" „Unsere was?" „Unsere Weltreisen", meinte Yasmin augenzwinkernd. Yasmin zupfte sich an ihrer violetten Perücke. Reisen als Beruf kam Friedrich irgendwie bekannt vor, doch wusste er nicht, woran das lag. „Warum hast du das zu mir gesagt?" „Wir müssen immer wieder neu anfangen, die Zeit lebt weiter, wir folgen ihr nur." Dreitausendfünfhundertundfünfundachtzig. „Ich bin's." Die Eingangshalle war äußerst beeindruckend. Große Amphoren mit Blütenprojektionen aus Laserlicht. Der Boden aus altem Holz, das mindestens zweitausend Jahre alt war. Die Treppe aus spiegelndem Panzerglas mit Geländern aus schwarzem Granit. Der Blick nach unten in eine tropische Badeoase, künstlicher Wind, weißer Sand, eine Cocktailbar, echte Vögel, rosafarbenes Wasser. Yasmin schritt mit einem weißen Kleid neben Friedrich. Oben auf dem Treppenansatz wartete der Gastgeber mit seiner thailändischen Frau. Sie trug ein rückenfreies Kleid, er einen Smoking. „Meine Verehrung." „Herzlich willkommen in unserem bescheidenen Haus. Wir gehen zuerst in den Salon und nehmen einen Aperitif." Die Zeit verging wie im Fluge. Das Thema des Abends war die Welt und die anstehenden Herausforderungen. Friedrich sprach von seiner neuesten Idee, der Trockenlegung des Mittelmeers, und der Idee die Staatengemeinschaft bis an die Südspitze von Afrika zu erweitern.

Dreitausendfünfhundertundzweiundneunzig. Einfache Bilder und eine gute Beschilderung. Der Parthenon war nach Las Vegas verkauft worden. Auf der Akropolis standen nun Wolkenkratzer, die die Namen der griechischen Götter trugen. Die Inseln waren an verschiedene Staaten verkauft worden. Die Verträge sahen vor, dass Teile der Einnahmen den Griechen auf dem Festland zugute kommen würden. Der Peloponnes war an Japan verkauft worden, verbunden mit dem Recht eine Olympiade für Roboter im historischen Olympia zu veranstalten. Kreta wurde gerade umgebaut zum Wildpark, die Insel wäre nach Fertigstellung für Touristen nicht mehr zugänglich. Das einzige Zugeständnis waren Überwachungskameras, die es möglich machen würden, die neu angesiedelten Tierpopulationen zu beobachten und gegebenenfalls einzugreifen, falls sich die Konzepte nicht erfolgreich entwickelten. Man wollte beispielsweise Gibbons ansiedeln. Die Bildrechte an den Kameras waren schon verkauft. Das Ganze war ein interessantes Experiment und diente dem Ausgleich für andere Inseln, deren Flora und Fauna vollkommen zerstört werden würde. Yasmin hatte die Idee entwickelt eine Insel nur für Frauen zu planen, um die Kulturform des Matriarchats zu optimieren. Friedrich dachte nach, wie man dies wissenschaftlich begleiten könnte. Kameras waren auch vorgesehen, die zu Forschungszwecken vierundzwanzig Stunden am Tag in Betrieb wären.

3599

Das Meer zeigte ihr ein heiliges Lächeln. Jeden Tag schrieb sie einen Brief an ihren Geliebten. Das hatte sie versprochen, als sie das Schiff bestiegen hatte. Liebe konnte sich verändern, die Worte versuchten den Gefühlen Ewigkeit zu verleihen, wie schon seit Jahrtausenden. Allerdings hatte sie als Forschungsassistentin viele Arbeiten zu erledigen und die Crew bestand fast ausschließlich aus Männern. Eigentlich müsste sie gerade einen Messung der Wassertemperatur durchführen. Das konnte aber noch ein paar Minuten warten. Ihre Stärke bezeichneten Fachleute als Resilienz. Die Stürme des Lebens und die des Meeres waren ihre Gefährten. Die Ströme der großen Ozeane hatten sich vor fünfhundert Jahren massiv verschoben, sodass die Arbeit der Forschungsschiffe wichtig war für mögliche Evakuationen oder die Rückbesiedlung von vereisten Gebieten. Prognosen waren wichtig im Jahre dreitausendfünfhundertundneunundneunzig. Die Briefe wurden in Jetztzeit übermittelt, was Korrekturen kompliziert machte. Die meisten Menschen hatten sich daher daran gewöhnt, weniger Worte zu machen, um Missverständnissen vorzubeugen. Yasmin tippte sich leicht mit dem Zeigefinger der rechten Hand gegen den Zeigefinger der linken.
„Was machst du gerade, Friedrich?"

3610

Die Besatzung der Raumstation bestand aus lauter alten Hasen. „Hallo, wie geht's?" Das neueste Projekt war die Vermessung der Erdoberfläche und die Neuordnung der Welt nach den Vorgaben der Vereinten Nationen. Länder wurden verschmolzen zu multinationalen Gebieten. Jedes dieser neuen Länder sollte sich definieren über die klassischen Ausdrucksmittel der Kultur aus Architektur, Malerei, Musik, Mode und einiger kulinarischer Vorlieben. Ansonsten galten dieselben Regeln und Gesetze auf der ganzen Welt. Dreitausendsechshundertundzehn. Die Anzahl der Sprachen der Menschheit war reduziert worden. Die neuen Nationen mussten sich noch zusammenfinden. Von oben sah die Welt wunderbar aus. Friedrich legte die geplanten Raster über die Kontinente. Der Äquator wurde auf einer Linie mit einer Breite von drei Kilometern freigeräumt. Dort würde man eine Straße bauen und eine Hochgeschwindigkeitszugstrecke. Auf beiden Seiten der gigantischen Linie waren Freizeitparks und Häfen geplant. So hatte die Menschheit neue Attraktionen. Die Einnahmen aus dem Äquatorland würden gerecht aufgeteilt werden. Die Welt hatte sich entschlossen zu leben, die Menschen hatten erkannt, dass es gemeinsam besser ging.

3616

Illusion als Versuchung. Ein Museum für Bücher mit subventionierten Leseplätzen. In den Kasematen eine Digitalisierungsfabrik und riesige Regale mit realen Büchern aus Papier. Außerdem wurde darauf geachtet, dass den Studenten immer guter Kaffee oder grüner Tee zur Verfügung stand. Dreitausendsechshundertundsechszehn. Yasmin war die Besitzerin einer Buchhandlung mit angeschlossenem Restaurant. Sie wohnte mit Friedrich im Giebel des Geschäftshauses. An den Wänden die Bilder von ihren gemeinsamen Reisen. Im Schlafzimmer lagerten die kostbarsten Bücher in voll klimatisierten Wandregalen. Friedrich war einer der bekanntesten Vorlesen auf life-tube. Marburg war das Weltzentrum für Übersetzungen und damit ein internationaler Treffpunkt für Sprachforscher aus allen Nationen. Die Gästehäuser waren sauber, der Luxus lag in den Menschen, die sich dort begegnen konnten und nicht in der Ausstattung oder einer luxuriösen Badelandschaft. Die Übersetzungen erfolgten immer aus der Originalsprache und war die Frucht aus der Zusammenarbeit von zwei Muttersprachlern. Es gab Vorlesestudios für alle Nationen, Friedrich kannte so die halbe Welt und immer wieder tauschte man sich aus über die Dekoration und die Intonation.

Arten und Unterarten. Die Fiji Islands hatten sich etabliert als Genlabor zur Veredelung von Tierarten. Der Orangenbrust-Honigfresser stabilisierte die Legehühner Europas durch seine kraftvollen Gene. Friedrich war zuständig für das Marketing und Yasmin trainierte ihren Körper beim Schnorcheln in den Korallenriffen. Der lebendgebährende Zahnkarpfen inspirierte die Lachszüchter zu neuen Untergattungen. Der Schwarzstirn-Papageiamadine hingegen diente der Zucht farbenprächtiger Kanarienvögel, die in Käfigen die Menschen erfreuten. Dreitausendsechshundertundzweiundzwanzig. Friedrich hatte gerade ein neues Konzept entwickelt, dem Inselstaat eine neue Einnahmequelle zu erschließen. Man würde den anderen Staaten anbieten biologische Hinrichtungen durchzuführen, indem man die rechtmäßig Verurteilten in die riesigen Haikäfige verfrachtete. Filmaufnahmen würden aus ethischen Gründen untersagt sein. Ein Entkommen wäre nahezu ausgeschlossen. Das Ende in einem Paradies wurde weitergedacht, allerdings würde er Yasmin fragen, was sie von seiner Idee hielt. Die Atolle in der Südsee waren künstlich aufgeschüttet worden, bei gleichzeitigem Bau von gigantischen Unterwasserhotels. Das Wasser leuchtete in tiefem Blau und wie jeden Abend versank die Sonne gehorsam im spiegelnden Meer.

Unsere Eitelkeit kam an ihre Grenzen durch die konsequente Umsiedlung und Durchmischung der Weltbevölkerung. An den großen Feiertagen wurden Tickets verschickt für Weltraumflüge. Allerdings erfolgte die Rückkehr in soliden Kapseln, die nach einem Zufallsprinzip an verschiedenen Orten der Erde landeten. In diesen Kapseln war eine Grundausstattung, um ein neues Leben zu beginnen, allerdings ohne Familie oder Freunde in einem fremden Land. Die Integration dieser neuen Bewohner war schnell zur Routine geworden, da es ständig an der Tagesordnung war. Natürlich gab es auch gefährliche Gebiete, bei denen ein Überleben ein wenig Glück erforderte. Die Weltraumbahnhöfe waren Sehnsuchtsorte für die einen und Orte des Schreckens für die anderen. Der Regen fiel aus den Wolken, so als habe sich nichts verändert auf der Erde. Yasmin machte gerade ein Omelette mit frischen Frühlingszwiebeln. Friedrich zerschnitt die Erdbeeren in kleine tortenartige Stückchen und beträufelte sie mit Aprikosenlikör. Wie zart ihre Haut war, wie weich ihr Haar. Dreitausendsechhundertundsiebenunddreißig. „Was würdest du machen, wenn ich nicht mehr da wäre?" Das war eine relevante Frage in diesen Tagen.

3649

„Sieh mich an und traue dich die Wahrheit zu betrachten." Eine große Terrasse mit Stühlen aus schwarzem Aluminium, dahinter ein Garten mit schmalen Wegen. Yasmin war heute schöner als je zuvor. Träume, sanfte Stimmen. Nur ein Blick, nur eine Sekunde, die darüber entschied, in welche Richtung das Leben gehen würde. Neun starke Tage und danach siebzehn Nächte mit darin eingeschlossenen Tagen, die angefüllt waren mit tiefem Schlaf. Dreitausendsechshundertundneunundvierzig. Stille und extreme Bereitschaft im laufenden Wechsel. Lange Umarmungen vor dem Einschlafen. Durch die wohl geordneten Phasen konnten die Existenzen von Menschen geteilt werden. Verträge regelten die so geschlossenen Allianzen. Die Schlafröhren waren voll klimatisiert. Effizienz in der Raum- und Lebensnutzung. Friedrich hatte sich dies alles ausgedacht, um die Weltbevölkerung durch diesen Trick zu halbieren. Außerdem mussten die Röhren gebaut und gewartet werden. Das Leben entwickelte sich kraftvoll und trotzdem schien einigen Menschen etwas zu fehlen. Die Phasen der Umarmung vor dem Einschlafen wurden bei ihnen immer länger. Der Abschied in den Schlaf kam ihnen so vor wie ein Abschied aus ihrem Leben.

3666

Gegenüber des Bades war ein neues Bad gebaut worden. Gegenüber des Marktes war ein neuer Markt gebaut worden. Budapest hatte sich entschlossen, die Kultur Europas zu integrieren. Die Stadtviertel waren renoviert und einem bestimmten Land zugeordnet worden. Die Sprache dieser Länder wurde in den Läden gesprochen, sogar auf den Spielplätzen. So kamen viele neue Bürger nach Ungarn, die sich zuhause fühlen sollten in einer neuen Umgebung. Die Zahl der Touristen war ebenso gestiegen, da die neuen Bürger von ihren Verwandten besucht wurden und sogar eine Kopie des Brandenburger Tors zierte das prachtvolle Ufer der Moldau. Dreitausendsechshundertundsechsundsechzig. In der deutschen Zone gab es Geschäfte für Unterhaltungselektronik, Schulen, saubere Straßen, geregeltes Müllrecycling, Solarmodule auf jedem Dach, moderne Häuser und traditionelle Häuser aus Fachwerk. In der französischen Zone wurde frisches Baguette gebacken, wuchsen prächtige Blumen, gab es Geschäfte für Mode und gute Restaurants. Friedrich und Yasmin wohnten auf der Kopie der Île de la Cité. Der Bau der Insel in dem fremden Fluss war sehr kostspielig gewesen, aber es hatte sich augenscheinlich gelohnt.

3679

Die Jahre zogen vorüber. Sie flogen nach Sri Lanka, um dort in Little England eine Oase der Literatur zu errichten. Nur Schriftsteller durften dort leben und Pferdezüchter. Die Finanzierung erfolgte über den Handel mit kostbaren Teesorten und einem Medikament, dass aus Fledermäusen gewonnen wurde zur Milderung von Demenz. Zusammen eingenommen mit dem edlen Tee versprachen sich die Menschen ein längeres Leben. Dreitausendsechshundertundneunundsiebzig. Friedrich musste schmunzeln bei dem Gedanken, denn bei ihm führte der Genuss des Tees zum Aufblitzen kurzer Erinnerungsfetzen all seiner Leben und machte ihm bewusst, dass er sich in der Falle der Ewigkeit befand. Yasmin an seiner Seite war das Kostbarste, dass er hatte finden können. Sie wusste das und strich ihm zart über seine Handflächen. Das elegante Wasserflugzeug brachte Besucher aus der ganzen Welt. Die Worte der Gedichte dienten zur Reinigung des Geistes. Das Ritual bestand darin, das Gedicht auf einem Blatt mit sich zu tragen, die Worte zu verinnerlichen, um am Abend das Blatt zu verbrennen. Anerkannte Meister in vielen Sprachen wählten für die Besucher die Texte aus. Nur wer sich in eine Blume verwandeln konnte, der konnte den Frühling wahrhaft empfinden.

3686

Der Wind wehte durch ihr Haar. Wenn sie die Brille abnahm, platze die Welt und ein Strahl von Vollendung und Schönheit durchzuckte sein Herz. Sie zählte von eins bis hundert und danach fühlte er sich wie neu geboren. „Welchen Garten liebst du mehr?" „Den zartesten mit einem süßen Duft, im Morgentau mit zartem Vogelgesang. Die Töne umringen die Gräser und lassen die Blüten erzittern. So muss das Leben sein." Friedrich war nervös, er musste den Titel sichern, denn er hatte gerade eine neue Idee für ein Buch. Ganz klar und ganz einfach würde es sein, wie eine Melodie der Ewigkeit und ganz leicht in alle Sprache dieser Erde übersetzbar. Die Zahlen von null bis einhundert in großen Lettern auf der jeweils rechten Buchseite. Dazu ein guter Titel und eine kleines Nachwort, das einen Vorschlag für den Gebrauch der leeren Seiten machen würde. „ Was ist die schönste Zahl für dich?" Dekonstruiertes Leben zur Vollendung des Moments. „Vollendung". „Was ist der vollendete Moment für dich?" Yasmin spürte, dass es nun galt, etwas zu antworten, was von Herzen kam. Sollte sie von seinen Küssen reden? Sollte sie von seinen oder ihren Gefühlen reden? Was würde bleiben nach dreitausend Jahren gemeinsamer Liebe. Nur einmal noch. „Vielleicht suchen wir immer den schönsten Moment. „So wie jetzt." Dreitausendsechshundertundsechsundachtzig.

3698

Das Schicksal kennt keine Regeln. Friedrich setzte vorsichtig einen Fuß vor den anderen. Er war magisch angezogen von dem Berg. Am Rand des Kraters war das Gestein nicht sehr stabil. Immer wieder stürzten Steine in die Tiefe. Er umrandete den Krater einmal in einem konzentrierten Marsch von sieben Stunden. Danach schien es ihm so, als habe sein Schicksal sich verändert. Er fühlte sich stärker und sicherer. Ein Lächeln entwickelte sich auf seinem Gesicht und Wärme floss durch seinen Körper. Wie wunderbar erschienen ihm seine Träume, in denen er viele Welten bereiste. Einen Moment noch und er würde sie am Flughafen in seine Arme schließen. Das sah er am Rand des Kraters und setzte sich still an einen sicheren Fleck. Dreitausendsechshundertundachtundneunzig Jahre, Tage, Stunden oder Minuten. Er wollte jeden Tag eintauchen in die Ewigkeit. Seine Hände strichen über den rauen Fels, das war es also das Jetzt. Er schloss die Augen und verwandelte sich für einen Augenblick in Yasmin. Die Illusion war perfekt. Er wartete auf sich und liebte sich durch sie. „Es ist das Schicksal, das uns zusammengebracht hat und es ist das Licht in unseren Herzen, das uns verbindet."

3700

Blütenduft im Abendrot. Wir schreiben das Jahr dreitausendsiebenhundert, Leila lebte ohne Zeitgefühl, unsichtbar, vergnügt und fragte sich, ob Nelson wieder zu ihr zurückkommen würde nach seinen Reisen. Die Leuchtvögel brannten wie reines Glück. Die Zeittiere tanzten verschmitzt um sie herum. Die Worte der Menschen konnten das nicht ausdrücken. „Und doch!" Leila spürte eine kleinen Schatten, der in ihr brannte. Diesen brennenden Schatten wollte sie verwandeln in Licht. Sie musste zurück auf die Erde und würde Nelson im Körper von Friedrich aufspüren, beobachten und eine Antwort suchen. Sie würde sich in einen Vogel verwandeln oder in ein weißes Pferd. Sie würde der Wind sein, der den Vorhang in seinem Zimmer bewegte, eine Sekunde des Zögerns würde ihm die Chance eröffnen aus seinem anderen Ich herauszutreten. Doch er würde alle Türen nochmals aufmachen müssen und wie einem Wirbelsturm alle Existenzen nochmals durchleben müssen. Das würde ihn sehr viel Energie kosten und könnte ihn auflösen in reines Licht ohne Körper und ohne die Möglichkeit mit ihr gemeinsam durch alle Welten zu schweben und eine ewige Heimat im Reich der Leuchtvögel zu finden. Leila fühlte sich abwechselnd wie ein Samenkorn, wie eine Blume aus Stahl und wie ein zarter, zerbrechlicher Schmetterling.

3711

Heute lag die Verantwortung außerhalb des menschlichen Willens. Alle Bereiche der Kommunikation wurden gefiltert. Missverständliche Wörter und Begriffe wurden markiert, ähnlich wie in einem Schreibprogramm der Computersteinzeit. Sprachliche Empfehlungen erschienen automatisch als Projektion auf dem brillenartigen Bildschirm. Diese Brillen musste jeder, der in der Gesellschaft eine Rolle spielen wollte, tragen. Die Gesellschaft war vor vielen hundert Jahren geteilt worden in Aussteiger und einen aktiven Teil. Hauptprinzip der aktiven Menschen war die Vernetzung zur perfekten Organisation von allen wichtigen Lebensbereichen. Zu lieben und geliebt zu werden, gehörte zu den Pflichten der Menschen. Dies war eine verbindende Grundvoraussetzung. Dreitausendsiebenhundertundelf. Friedrich starrte fasziniert auf die im 21. Jahrhundert übermalten Kakemonos. Sie waren ausgestellt im Palast des Tennō und in der verbotenen Stadt gleichzeitig. Die Kulturen Japans und China hatten sich angenähert und die auf den ersten Blick unerhörte Übermalung von wichtigem Kulturgut durch einen deutschen Maler und Schriftsteller hatte die Annäherung paradoxerweise vorangetrieben. China und Japan waren gleichermaßen betroffen und saßen so in einem Boot. Was zuerst als Zerstörung anmutete, führte im zweiten Schritt zur Konzentration auf die verbleibenden Bildbestandteile. Das Gefühl des Verlustes steigerte die Wertschätzung für die eigene Geschichte und die kulturelle Gemeinsamkeit der beiden Völker.

Karten waren Symbole für Länder und die Macht der Menschen, die Erde zu gestalten. Leila schaute verzückt auf die Menschen, die einen Sinn für das wahrhaft Schöne besaßen. Die trockenen und heißen Küsten der Erde waren bewachsen mit Kasuarinen. Die Wildparks waren nach dem Prinzip einer maximalen Artenvielfalt auf der fortwährenden Suche nach einem gesunden ökologischen Gleichgewicht. „Wie schön war dieser Tag."
Das Wort schön klang dabei seltsam leer, denn alles gehorchte dem Gesetz der Harmonie. Yasmin plante gerade eine Party. Nur die feinsten Getränke würde man reichen. Jeder Gast musste bereit sein, sein Leben aufs Spiel zu setzen. Es gab die Verpflichtung für alle Staaten und Firmen, die Bodenschätze ausbeuteten, neue Gebiete zu renaturieren. Das war eine Verpflichtung und das war ein Beispiel für eine gute Pflicht. Allerdings barg die Perfektion das Risiko, dass man ihrer überdrüssig wurde. In diesem Sinne war die Party zu verstehen, für die jeder sich bereit machen musste alles einzusetzen. Dreitausendsiebenhundertunddreiundzwanzig. Yasmin hatte die Einladungen aus purem Gold gestaltet, in das Ort und Zeit graviert worden waren. Yasmin tanzte wild und ausgelassen. Die Lebendigkeit floss hinein in jede ihrer Bewegungen.

3788

Sonnen und Schattenlinien waren seit etruskischer Zeit tief in die Berge der Toskana gegraben worden. Die alten Bergwerke waren durch den Einsatz von Robotern schrittweise reaktiviert worden. In den alten Kupferminen wurden nun auch noch seltene Erden und Gold gewonnen. In der südlichen Sonnen investierte man das Geld in Solarkraftwerke. Die Grabhöhlen der Etrusker hatte man ausgebaut zu Eingängen in die Unterwelt des Erdkerns. Friedrich leitete eine Forschungsmission. Sein Instinkt sagte ihm, dass im Inneren der Erde das Licht wartete. Leila war nun immer an seiner Seite und wartete auf eine gute Gelegenheit an alte Zeiten anzuknüpfen. Unter Umständen würden sie die letzten siebenhundert Jahre wiederholen müssen. Dreitausendsiebenhundertundachtundachtzig, Die tiefen Gänge im Tuffgestein wurden immer tiefer, sodass die Lichtlinien fast aussahen wie Adern aus Himmelslicht. An einigen Stellen wurden Höhlen an die Gänge angeschlossen, die zum Verweilen einluden. Man konnte durch verglaste Erdteleskope den Robotern bei der Arbeit zusehen. Der Teint der Menschen wurde immer heller. Yasmin hingegen zog es vor, auf einer Yacht im Meer zu leben. Die Sonne war ihr wichtig und sie liebte das Glitzern des Himmels auf dem Wasser bei Tage und in der Nacht. Friedrich telefonierte täglich mit ihr aus den Tiefen seiner Mission. Die bewegten Bilder begannen zur eigentlichen Realität zu werden.

„Warum liebst du mich?" „Wie meinst du das?" „So, wie ich es sage."
Friedrich lebte mit Yasmin auf einer der schönsten Inseln der nördlichen
Hemisphäre, Saaremaa. Die Strände waren hell, die Häuser waren mit
Bedacht in die Natur eingefügt worden. Der entscheidende Schritt zum
grandiosen Aufschwung der baltischen Staaten war eine Verschiebung
des Golfstroms. Dreitausendachthundert. Der Wandel des Klimas hatte
dafür gesorgt, dass man das ganze Jahr im Meer baden konnte und dass
die Winter weniger streng waren. In vielen Schutzzonen wurden Steinkreise
errichtet mit sich kreuzenden Wänden innerhalb des Kreises. An diesen
Orten der Kraft konnten sich die an der Seele verletzte Menschen erholen.
Natürlich half auch die gesunde Seeluft, um die Stimmung aufzuhellen.
Yasmin leitete eine Manufaktur für Keramik. Die Öfen wurden mit dem
Holz aus den Wäldern befeuert und die Balken für die Teehäuser wurden
in künstlichen Buchten gewässert und anschließend in Windgruben
getrocknet. In den Gassen von Tallinn wurde Kakigōri gereicht und die
Maschinen für das geschabte Eis standen in vielen Hotels. Die Fähren
von Riga nach Westen waren modern und es verkehrten Schnellboote
nach Helsinki. Auch in Finnland hatte sich das Klima erwärmt. Die Wälder
wurden gepflegt und die großen Bäume wurden verehrt. Die alte Welt hatte
an Kraft gewonnen.

3821

Das Ende des Jahrtausends rückte näher wie das Abendrot des Tages. Der Moment rückte näher, an dem sich Leila Friedrich in den Weg stellen würde. „Was bleibt von dir nach tausend Jahren?" Das wollte sie ihn fragen. „Wie lange wirst du mich lieben?" „Solange du mich liebst." Das erschien ihm die beste Antwort. „Wie findest du meine Ohrringe?" Yasmin trug ein violettes Kleid mit schmalen Trägern. Ihre Schultern waren von hinten beleuchtet. Sie strich sich ihre vollen dunklen Locken nach hinten. Friedrich betrachtete die Ohrringe, die jeweils eine große runde Perle enthielten. Augenscheinlich kostbar. Er hatte sie ihr nicht geschenkt. Friedrich legte seine Wange auf ihre und zog mit der Nase ihren Duft ein. „Du bist schön und ich habe gemerkt, dass wir diesen Ort verlassen müssen." Yasmin blickte starr nach vorne. Ihr Körper lag war plötzlich verändert. Sie fiel nach hinten gegen die Scheibe. Dreitausendachthundertundeinundzwanzig. Friedrich durchzuckte ein Gefühl der Verzweiflung. Er fühlte sich von einer schweren Last zu Boden gedrückt. Er drückte mit den Nägeln seiner Daumen in die Haut direkt hinter seinen Ohren bis es blutete, legte den leblosen Körper von Yasmin auf das Sofa. Ihr Geist schien durch seine Hände, die auf ihren Rippen ruhten, auf ihn überzugehen. Er wischte den Schmerz weg und ging zur Türe. Draußen fand er den Gang mit den vielen Türen. Yasmin lächelte ihn an und gemeinsam betraten sie ein neues Leben.

3837

Die Treppe erschien endlos. Die Stufen waren aus hellem Stein. Die Gläser der Sonnenbrille ließen den Himmel noch blauer erscheinen. Friedrich beugte sich nach vorne, um sein Gleichgewicht zu sichern. Der Vorrat an Atem schien zu vibrieren wie die flirrenden Lichter am Ende der steilen Treppe. Yasmin war im kugelsicheren Auto geblieben, leicht betäubt von der kurzen Nacht. Im Handschuhfach waren Säfte in allen Farben und das Mineralwasser kam auf Knopfdruck aus einem kleinen Hahn im Fußbereich des Beifahrers. Ihre Stimme war für ihn die schönste Musik und ihr Duft erinnerte ihn an die Schwerelosigkeit. Dennoch wollte er nicht auf diesen besonderen Auftrag verzichten. Oben auf der Pyramide aus Stein würde er eine Steuereinheit finden und weitere Anweisungen über einen Sender in seinem Ohr erhalten. Dreitausendachthundertundsiebenunddreißig. Schon seit vielen Jahren hatte Friedrich aufgehört nach dem Sinn zu fragen. Das kostbarste am Leben war der Moment der Überraschung im Wechsel mit dem Gefühl von Erfolg. Er ließ sich gerne treiben in einer sanften Sehnsucht nach riskanten Augenblicken. Dafür wurde er fürstlich bezahlt. Kaum ein Kartell war sicher vor seinen Spezialmaschinen. Sie funktionierten wie Lenkraketen, mit künstlicher Intelligenz ausgestattet warteten sie an ruhigen Orten auf ihren Einsatz. Die Hitze flimmerte, nur im Hier war das Jetzt zu finden. Alle anderen Werte hatten sich aufgelöst.

3856

„Schon immer." Das Jahr dreitausendachthundertundsechsundfünfzig war Teil der Ewigkeit. „Der Reim war selten allein. „Das alles nützt dir aber nichts." Yasmin drückte die Klinke und verschwand aus dem Zimmer. Friedrich lächelte wegen des Satzes mit dem selten einsamen und unreinen Reim. Der Tag hatte das Leben eingeholt. Yasmin hatte ihn verlassen. Friedrich stand vor der Entscheidung, ihre Entscheidung zu akzeptieren oder sie zu bitten, diese nochmals zu überdenken. Er schaltete die Kamera seiner besten Drohne an und gab die Identifizierungsnummer von Yasmin in die Steuereinheit ein. In sicherer Entfernung folgte sie ihr nun in Echtzeit. Yasmin traf sich im Park mit einer jungen Frau. Friedrich zoomte an die beiden Personen heran. Es war Amy, seine junge Kollegin, die ihr ein kleines Paket übergab. Yasmin öffnete es und entnahm diesem einen Datenträger in der Form eines Dreiecks. Eine Minute später war sein Monitor schwarz. Nun wusste er, dass er wahrhaft allein war. Leila hatte das alles beobachtet. Doch sie zögerte, den entscheidenden Schritt zu tun. „Was, wenn er den Weg zurück mit dem intensiven Sog nicht überlebte?" Ein Instinkt sagte ihr, dass nur er den Moment bestimmen sollte.

Sonderbare Gefühle durch lebendige Begegnungen. Lange lebendige Tage und Millionen von Momenten. Zum Frühstück einen Kuss oder ein Omelette mit Zwiebeln und Ziegenkäse. „So erscheint es mir besser." Sie zog den Morgenrock etwas fester mit einem breiten Gürtel aus Seide. Er konnte selbst entscheiden, wann er sich in seine Arbeitskapsel setzte, die ihn mit seiner Firma vernetzte. Die Mitarbeiter wurden nach ihrem Beitrag für den Erfolg des Unternehmens bezahlt. Das hatte zur Entkoppelung der Arbeit vom Faktor Zeit geführt. Bei großen Geschäften ging es noch nie um die reine Arbeitszeit, sondern immer um einen erfolgreichen Abschluss. Dazu brauchte man gute Nerven, Verhandlungsgeschick und Kraft. Die Erschaffung einer positiven Welt erforderte eine gewisse Einsicht, dass oftmals die Schwäche der Motor für schlechte Gefühle war. Yasmin glänzte im wahrsten Sinne des Wortes. Sie repräsentierte eine großes Unternehmen für Diamanten. Schmuckstücke und Spezialmaschinen gehörten zum Portfolio. Ihre Hände zeigten auf endlosen Fotostrecken die glitzernde Pracht. Dreitausendachthundertundsiebenundsechzig. Friedrich hatte die Ehre, ihre Kleider als Erster zu sehen, die sie auf den Fotos zu tragen gedachte. Die Kapsel von Yasmin war eine Sonderanfertigung, die es erlaubte mehrere Gäste zu empfangen. Von außen und innen verziert mit glitzernden Steinen. „Konnte ein Herz genauso strahlen und funkeln wie ein Diamant?"

3872

Zustände des Glücks. Wir fielen zusammen wie schwerelos durch die weichen Wolken. Diese und andere Szenen rauschten in ihren Köpfen durcheinander. Plötzlich waren alle Türen verschlossen und der Gang war dunkel geworden. Yasmin umfasste die Hand Friedrichs. „Was ist passiert?" Sie tasteten sich vorsichtig vorwärts. Weiter vorne schien ein schwaches Licht zu sein. „Sie dürfen sich wundern." Sie wollten glücklich sein. Der Gang wurde langsam breiter und öffnete sich zu einem Kreis. Gedämpfte Geräusche einer belebten Stadt waren zu hören. Sie drückten die Ballen ihrer Hände tief in die Augenhöhlen. Die Körper wankten vor und zurück. Friedrich erinnerte sich an Filme, die er gesehen hatte. Dachte an die Geschichten, die noch nicht erzählt worden waren. Er hatte bei manchen Filmen den Drang eingreifen zu wollen in die Handlung. Mitzuspielen in diesen fremden Leben. Doch das schien alleine besser zu gehen. „Yasmin." Der Kreis wurde enger und helles Licht drückte von außen durch die Wände wie lodernde Flammen. Die Flammen waren strahlend hell, aber sie waren nicht heiß. Dreitausendachthundertundzweiundsiebzig. In dem Kreis gab es kein vorne und kein hinten. Friedrich umarmte Yasmin und sie drängten sich zusammen in der Mitte des Lichtkreises. Ihre Körper schwankten wie die Schlegel in einer Glocke und ihre Köpfe schlugen gegen hartes Metall. Mit jedem Schlag wurde das singende Dröhnen lauter.

Auch die Schultern schlugen gegen die runden Wände. Dann wurde sie langsam nach oben gedrückt. Die Füße lösten sich vom Boden. Dann stiegen sie auf Sprossen weiter. Sie mussten auf einen Turm steigen, der am Rand eine kleine Plattform für sie bereit hielt. Die Flammen wirkten nun schwächer und eine Art von innerer Ruhe kehrte zurück. Über der Plattform war ein Trapez befestigt. Friedrich wusste instinktiv, was er zu tun hatte. Er umfasste die Stange aus Holz und sprang in den leeren Raum. Er schwang hin und her, wie in Trance. Yasmin stand still da. Sie spürte, dass nun eine Entscheidung anstand. Seine Heimat lag in der Beweglichkeit. Vor ihm erschien ein anderer Turm, eine andere Plattform, und dort stand Leila. Fast hätte Friedrich seine Hände geöffnet. Tausend Gedanken zuckten gleichzeitig durch sein Hirn. Dreitausendachthundertunddreiundsiebzig. Friedrich schwang hin und her. Er fühlte sich wie in einem dichten Nebel. Unter ihm zuckte ein Meer aus Lichtblitzen. Friedrich sehnte sich nach festem Boden, nach einem einfachen Kissen, nach einer Wiese im Park oder einem Strand mit feinem Sand. Es gab Menschen, die dies in diesem Moment hatten, die vor einem Teller mit duftendem Essen saßen, die Zeit verstreichen ließen in einem natürlichen Rhythmus. Seine Unterarme waren stark und Friedrich begann das fliegende Schaukeln zu genießen.

3888

„War es der richtige Zeitpunkt?" Friedrich war zurück zu dem ersten Turm geschwungen, an dem Yasmin auf ihn wartete. Sie war ohne zu zögern in seine Arme gesprungen, denn er hatte sich mit dem Oberkörper nach unten gehängt. Die Zeit hatte ihren Takt erhöht, es war, als ob sie durch den Weltraum rasten. Ihre Körper waren verbunden und Friedrich hatte Yasmin schließlich zu Leila geschleudert. Dort hatten nun die Frauen ihre erste echte Begegnung auf Augenhöhe. „Du bist eines der schönsten Wesen auf diesem Planeten." Friedrich hatte seinen Kopf in den Nacken gestreckt. Er war umgeben gewesen von lautem Ticken. Danach war er nach unten gestürzt, hinein in die Lichtblitze. Zurück durch die Jahre, sein Körper hatte sich angefühlt wie in tausende Teile zerrissen. Jetzt stand Friedrich mit Leila an dem gleichen Strand wie damals. Oben auf der Terrasse war die Feier. Yasmin und ihr Freund tanzten. Das alles kurz bevor er auf der Treppe seinem Schicksal entgegen ging. Leila blickte Nelson tief in die Augen. Sie wussten beide, was zu tun war. Nelson reichte dem erschöpften Tänzer ein Glas mit hellem leuchtendem Wasser. Dreitausendachthundertundachtundachtzig. Leila ging zu Yasmin und sie unterhielten sich über den wundervollen Abendhimmel. Yasmin fühlte sich munter und Leila konnte sie überzeugen Friedrich in einer langen Umarmung einen Teil ihrer Kraft zu geben. Dieser seinerseits spiegelte ihr das Gefühl von fernen Zeiten und der Gang mit den Türen löste sich in ihrem Inneren auf.

3900

Zwölf Jahre waren vergangen - nebeneinander. Die Möglichkeiten eines Lebens waren mannigfaltig. Die Wahlmöglichkeit war des Menschen Glück und Qual zugleich. „Wir können das Leben nicht verstehen." Festzuhalten blieb, dass Nelson und Leila sichtbar waren und die Tage vergingen wie Tage vergingen. Yasmin und Friedrich hatten sich getrennt. „Ich hatte große Angst um dich." Leila umfasste zärtlich seine Hand. Nelson wusste nicht, wovon sie sprach, denn nur sie hatte die Erinnerungen behalten. Seine Last war der die Rückkehr gewesen, ihre Last waren die vielen Bilder. Eine Last sollte aber keine Belastung sein, wer sich mit dem Schicksal verbündete, der konnte durch das Leben streifen und die schönen Momente genießen. Der Ring, den sie am Finger trug bestand aus sechs Saphiren und der Mitte war ein Brillant. Wie eine kleine leuchtende Blume erschien er im Licht der Sonne. Leila zeichnete kleine Blüten in ein Buch mit dem Titel „Vollendung", es würde das nächste Geburtstagsgeschenk für Nelson werden, der schon zwölf Bücher voller Blumen besaß. Dreitausendneunhundert. Die kleinen Dinge der Realität waren so kostbar. Nelson arbeitete an einem neuen Buch. Er schrieb jeden Tag einen Text. „Briefe aus dem Jahr 5000" würde es heißen. Vielleicht konnte der Blick in die Zukunft ja helfen, das Schöne zu bewahren. Jeder musste einen Beitrag leisten, dann würde es vielleicht klappen.

Yasmin trug ein Kleid mit gelben Punkten. Eigentlich war es eine Art von Hosenanzug aus feinem schwarzen Stoff. Ihr Atelier war in New York unweit des Central Parks. Die Kunden konnten schwarze Kleidungsstücke bringen und Yasmin tupfte in Gelb oder Weiß Flecken oder Punkte darauf. Der Tarif für die modische Überarbeitung betrug die Hälfte des Neupreises des jeweiligen Stückes. Sie empfand ihre Arbeit als zeitlos, das war die eigentliche Messlatte für Qualität. Der Central Park war schon vor vielen Jahrhunderten der Natur überlassen worden, umgeben von riesigen Zäunen. Zur Nutzung des Raumes hatte man allerdings unterirdische Appartements angelegt mit Glasfaserleitungen für den Transfer von Tageslicht nach unten. Außerdem waren Kameras in dem Naturreservat installiert, die ihre Signale so in die Räume übertrugen, dass man das Gefühl hatte inmitten der Wildnis zu leben. Yasmin trank ihren Lapacho Tee um ihre Seele zu stärken. Dreitausendneunhundertundzwölf. Einige Wolkenkratzer waren durch Brücken aus Titan zu Ringen zusammengefasst worden, um die Stabilität zu erhöhen und die Gebäude in die Höhe zu erweitern. Oben wurden neue Ringe gebildet. Auf einem der Ringe konnte man auf einem Glasboden im Kreis laufen. Das war einer der Lieblingsplätze von Yasmin. Ihre Schritte waren klar und elegant, ihre Augen funkelten wie Rubine im Abendrot.

3924

Wassertürme zum Sammeln des aufbereiteten Regenwassers. Friedrich hatte die Welt damit überzogen. Die Fabriken für die Filteranlagen waren Hochsicherheitsareale. Die Firma hatte ganze Bergtäler aufgekauft und immer wenn es die Möglichkeit gab, irgendwo Land zu kaufen, dann taten sie, was erforderlich war und prüften eine Renaturierung zum Schutz des globalen Klimas. Eine Tochterfirma sicherte die Naturreservate vor dem Zugriff der Menschen. Andererseits ermöglichten die Gewinne aus dem Wassermonopol ganze Städte zu kaufen und dort verschiedene Arten menschlicher Gesellschaftsformen zu etablieren, die anschließend miteinander verglichen wurden. Dreitausendneunhundertundvierundzwanzig. Friedrich war sich treu geblieben, seine Stärke war seine besondere Beweglichkeit. Er war es gewohnt, sich zu häuten wie eine Schlange, im übertragenen Sinne natürlich. Friedrich gründete Schulen und förderte Institute, die sich mit der Zukunftsforschung befassten. Leider war seine geistige Kraft eine große Belastung für seinen Körper und auf manche wirkte er hart. Seine Wangen waren glatt, aber um die Augen hatten sich tiefe Falten gebildet. Er ließ sich in regelmäßigen Abständen Plasma von Kindern als Infusion verabreichen. In einem der Türme wurden Fische gezüchtet mit zartem festen Fleisch wie das von Hummern. Mit einer Sauce aus Sahne und frischem Estragon waren sie ein Gedicht.

3936

Alle zwölf Jahre wurde Bilanz gezogen. Das Zahlensystem war nach einem Zwölferrhythmus umgebaut worden nach dem Vorbild der Mayas. Jedem Menschen wurde ein Lebensplan erstellt und jeder musste einen Wegzoll an das Licht der Sonne entrichten. Die Leuchtvögel waren aus dem Erdinneren nach oben gekommen und leuchteten in voller Pracht und Größe, sodass die Ernten auf der Erde sich vervielfachten. Die Pflanzen gediehen prächtig und die Ernährung der Menschheit hatte sich entsprechend verbessert. Dreitausendneunhundertundsechsunddreißig. Die Zeittiere hatten die Kraft, das Alter der Menschen zu verändern. Gute Taten wurden belohnt und schlechte führten zu einer schneller tickenden Uhr des Lebens. Auf jedem der sieben Kontinente stand eine riesige Pyramide zu Ehren der Leuchtvögel. Die Orte hatten sich ergeben aus den geheimen Toren zum Erdinneren, die nun durch die Pyramiden geschützt waren. Es gab einen Kreis aus sieben Meistern, die für die Sicherheit der Pyramiden zuständig waren und die sich zwölf Mal im Jahr zu einer besonderen Teezeremonie trafen. Einer der Meister war der Gastgeber und die anderen sechs hatten Gelegenheit vor der Zeremonie miteinander zu sprechen. Die Zeremonie selbst verlief ohne Worte. Jeder Meister besaß zwölf Rollbilder und jedes Bild wurde nur ein einziges Mal gezeigt. Wenn der Vorrat an Bildern zu Ende war, bestimmte der Meister einen Nachfolger.

3936

Jedem Menschen wird ein besonderer Lebensplan erstellt und jeder muss einen Wegzoll an das Licht der Sonne entrichten.

3924

Mit einer Sauce aus Sahne und frischem Estragon ist sie ein Gedicht.

3912

Ihre Schritte sind klar und elegant, ihre Augen funkeln wie Rubine im Abendrot.

3900

„Wir können das Leben nicht verstehen."

3888

Danach stürzt er nach unten, hinein in die Lichtblitze.

3873

Seine Heimat liegt in der Beweglichkeit.

3872

Der Kreis wird enger und helles Licht drückt von außen durch die Wände wie lodernde Flammen.

3867

Lange lebendige

Tage und Millionen von Momenten.

3856

Nun weiß er, dass er wahrhaft allein ist.

3821

„Du bist schön und ich habe gemerkt, dass wir diesen Ort verlassen müssen."

3800

Die alte Welt hat an Kraft gewonnen.

3788

Sein Instinkt sagt ihm, dass im Inneren der Erde das Licht wartet.

3723

Leila schaut verzückt auf die Menschen, die einen Sinn für das wahrhaft Schöne besitzen.

3711

Was zuerst als Zerstörung anmutet, führt im zweiten Schritt zur Konzentration auf die verbleibenden Bildbestandteile.

3700

Diesen brennenden Schatten will sie verwandeln in Licht.

3698

Danach scheint es ihm so, als habe sein Schicksal sich verändert.

3686

Sollte sie von seinen oder ihren Gefühlen reden?

Friedrich muss schmunzeln bei dem Gedanken, denn bei ihm führt der Genuss des Tees zum Aufblitzen kurzer Erinnerungsfetzen all seiner Leben und macht ihm bewusst, dass er sich in der Falle der Ewigkeit befindet.

3666

Der Bau der Insel in dem fremden Fluss ist sehr kostspielig gewesen, aber es hat sich augenscheinlich gelohnt.

3649

Nur ein Blick, nur eine Sekunde, die darüber entscheidet, in welche Richtung das Leben gehen würde.

3637

Der Regen fällt aus den Wolken, so als habe sich nichts verändert auf der Erde.

Das Ende in einem Paradies ist weitergedacht worden, allerdings würde er Yasmin fragen, was sie von seiner Idee hielte.

3616

Im Schlafzimmer lagern die kostbarsten Bücher in voll klimatisierten Wandregalen.

3610

Länder werden verschmolzen zu multinationalen Gebieten.

3599

Liebe kann sich verändern, die Worte versuchen den Gefühlen Ewigkeit zu verleihen, wie schon seit Jahrtausenden.

3592

Der Peloponnes ist an Japan verkauft worden, verbunden mit dem Recht eine Olympiade für Roboter im historischen Olympia zu veranstalten.

3585

Die Zeit vergeht wie im Fluge.

3574

Platz gibt es ja genug.

3561

Friedrich und Yasmin treten immer gemeinsam auf, halten sich an der Hand und tauschen so ihre Gedanken aus.

3555

Die Wände sind leicht transparent und von hinten beleuchtet.

3547

Nun ist er gefangen an einem besonderen Ort.

3542

Wie Adlernester wirken die verglasten Balkone.

3539

Friedrich stellt sich vor, wie er im Inneren einer Tulpe wohnt und süßen Nektar schlürft.

3533

Zerrbilder aus fernen Zeiten scheinen in der Dunkelheit zu tanzen.

3525

Wir leben wie in einem Film.

3504

Wie kann sie die Vortrefflichkeit finden, ohne das Alte hinter sich zu lassen?

3503

Die schönsten Erinnerungen werden konserviert und können als Injektionen dem eigenen Bewusstsein zugeführt werden.

3497

Glänzende Erinnerungsfetzen, die sich zusammenfügen zu einem Leben, das eigentlich nur in unserem Kopf stattfindet.

3495

Wichtigkeit kann man aber nur schwer messen.

3472

Voller Feuer, voller Sehnsucht nach dem wirklichen Licht der Zeit.

3461

Friedrich setzt sich und vertieft sich in seine Erinnerungen.

3457

Friedrich weiß, dass er darauf nicht verzichten will.

3453

Die Überfahrt erfolgt als Fastenkur auf alten Kreuzfahrtschiffen.

Die Schleusen hinter den Stahltüren sind gefüllt mit elektronischen Sensoren, die die Identität nahezu zweifelsfrei und automatisch ermitteln.

3433

„Und bei dir?"

3429

Hier zu bleiben für alle Ewigkeit
erscheint für einen Augenblick wie ein schöner Traum.

3418

Ihre Haare duften frisch und schimmern in tiefem Schwarz.

3407

„Ich möchte keine Pläne mehr machen."

3402

Unter Wasser gibt es keine Vergangenheit, nur den eigenen Atem und die Sehnsucht nach der Essenz der Existenz.

3399

Gegen eine besondere Gebühr und nur auf Empfehlung kann man sich die eigenen Erinnerungen modifizieren lassen.

3393

Wir sind so, wie wir uns im Traum erfahren.

3388

Yasmin liebt den Glanz der Steine.

3392

Sich selbst zu vergessen,
ist das Ziel.

3388

Der Garten Eden ist mir zu langweilig.

3371

. Die Landschaft vibriert vor ihren Augen und sie fühlen sich vollkommen glücklich.

3367

„Komm wir gehen weiter und suchen den Ausgang."

3358

Jedes neue Leben fühlt sich an wie eine digitale Injektion.

3344

Eigentlich will Friedrich so sein wie ein Fisch, doch er kann trotz unzähliger Versuche nicht unter Wasser atmen.

3334

Friedrich und Yasmin ahnen, dass das Öffnen nicht ohne Risiko für sie sein würde.

3333

„Das Wasser fließt."

Sie legt das Fernglas beiseite, mit dem sie in die Sonne geblickt hat, denn sie will nicht erblinden.

3301

Jeder Tag enthält ein Geheimnis.

3300

Den Signalen am Himmel folgend streifen sie durch die Berge.

3296

So zu sein, immer auf der Suche, das ist das unsichtbare Band, das sie zu einem Paar macht.

3281

Er will das Leben aufsaugen wie sie und doch bleibt es sein Geheimnis, dass er eigentlich Nelson ist, der seine Reise aus der Ewigkeit in die Endlichkeit angetreten hat und nun wieder in einer neuen Ewigkeit gelandet ist.

3260

"Wir reisen ohne es zu müssen und doch müssen wir reisen."

Friedrich und Yasmin rasen um den Planeten und tauchen ein in alles, was sich ihnen darbietet.

3249

Genau das ist der Reiz für die vielen Reisenden.

3241

Die Kirschen zerplatzen im Mund und lassen die Süße des Himmels in ihre Körper strömen.

3237

Auf dem Stuart Highway hat man einzelne Streckenabschnitte für Hochgeschwindigkeitsautos freigegeben, die es einem ermöglichen unter einem Regenbogen durchzufahren.

Die geistigen Bestandteile von Friedrich gehen über auf den unsichtbaren Nelson, was auch erklären könnte, warum die beiden so treue Begleiter von Yasmin geworden waren.

Wie schön wäre es, ein normales menschliches Dasein zu haben voller schöner Momente, auch mit dem Risiko des Scheiterns und der Endlichkeit.

3224

Die Träume der Leuchtvögel treten wie Schlangen aus ihren Schnäbeln hervor und fließen wieder zurück in ihre Schatten.

3223

Sie sind niemals gleich und doch nie mehr oder weniger schön.

3222

Sie lächeln ohne zu lächeln und strahlen ein Glück aus, das einen fast bis an den Rand der Unerträglichkeit ausfüllt.

Empirisch ist das Leben immer unterwegs in Richtung Veränderung.

3217

Nelson und Leila haben die ersten Stunden miterlebt und sind dann aufgebrochen in die Tiefsee.

3215

Mikroscheinwerfer streuen Lichtpunkte über den Boden, um das Sonnenlicht zu imitieren.

3209

Draußen stehen die Wolken schon bereit, sich vor die Sonne zu schieben.

Die Buchstaben tanzen ihren eigenen Rhythmus und spielen mit seinen Gefühlen.

3200

Die Spannung brennt gefährlich und wunderbar.

3193

Die Tage kommen und gehen.

3183

Die Pinien lassen das Licht durch ihre lockeren Zweige passieren.

3174

Die Treppe ist steil, der Mann rennt sie nach oben, weil ihm eingefallen ist, wie zerbrechlich die Schönheit seiner Begleiterin und wie wertvoll ihre Zartheit ihm geworden ist.

3169

Je mehr sie lächeln, desto besser empfinden sie die Schönheit.

3145

Einmal kann er zufällig beobachten, wie Leila versucht, sich selbst im Spiegel zu betrachten.

Es ist nicht gefährlich zu träumen, aber es ist nicht ohne Risiko, seine Träume auch in die Tat umzusetzen.

3127

Ihr Gesicht ist eingebrannt in seine Erinnerung.

3122

. Nelson kann seinen Blick nicht vom Horizont losreißen.

3119

„Verläuft die Zeit des Lebens vor- oder rückwärts?"

Seine Augen sind von einem tiefen Schwarz und es erscheint so, als ob er die beiden unsichtbaren Reiter bemerken würde.

3099

Die Sterblichkeit der Menschen ist wie ein Schutzschild gegen die ewigen Strahlen der Sonne, die sich jeden Tag aufs Neue ihren Weg in die Körper suchen.

3089

Schon wieder ein schöner Sonnenuntergang im Jahre dreitausendundneunundachtzig.

3066

Sie denken beide an die Umkehrung ihres Zustandes und eine mögliche Rückkehr in die sichtbare Welt.

3052

Leila schwebt neben ihm und erst jetzt bemerkt er die Besonderheit ihrer Beziehung, denn sie können sich sehen, obwohl sie beide unsichtbar sind.

Sie durchqueren viele Flüsse und sie entdecken gemeinsam die schönsten Häuser und die faszinierendsten Landschaften auf diesem Planeten, den wir Erde nennen.

3018

Die meisten leben daher in einem Modus aus Überraschung, Neugier sowie der Erinnerung an ihre alten Existenzen und Befindlichkeiten.

3012

Wenn sie aufhören zu schweben, dann sinken sie in die Tiefe.

3007

Der Duft von gebratener Ananas erfüllt den Raum und das Trapez schwebt hoch über der Manege.

3001

Die Unsterblichkeit stellt die logische Konsequenz einer unsichtbaren Existenz dar.